》閒適是外表，真正的是苦味《《

我是尋路的人。

我日日走著路尋路，終於還未知道這路的方向。
路的終點是死，我們便掙扎著往那裡去，
也便是到那裡以前不得不掙扎著。

目錄

目錄

閒適是外表，真正的是苦味

寂寞之上沒有更上的寂寞

真實是個多餘的人

編後記

我的理想只是那麼平常而真實的人生，凡是熱狂的與虛華的，無論善或是惡，皆為我所不喜歡。

最好是嫻靜地招呼那熹微的晨光，不必忙亂地奔向前去，也不要對落日忘記感謝那曾為晨光之垂死的光明。

我是尋路的人，我日日走著路尋路，終於還未知道這路的方向。

像我們將近不惑的人，嘗過了凡人的苦樂，此外別無想做皇帝的野心，也就不覺得還有捨不得的快樂。

我們應當是最大的樂天家，因為再沒有什麼悲觀和失望了。

我已明知我過去的薔薇色的夢都是虛幻，但我還在尋求——這是生人的弱點。

我只希望，祈禱，我的心境不要再粗糙下去，荒蕪下去，這就是我的最大願望。

「壽則多辱。」即使長命，在四十以內死了，最為得體。過了這個年紀，便將忘記自己的老醜，想在人群中胡混，到了暮年還愛戀子孫，希冀長壽得見他們的繁榮；執著人生，私慾益深，人情物理都不復了解，至可嘆息。

人是合群的動物，他最怕的是孤獨。誰都不能安於寂寞，總喜歡和人往來，談不關緊要的天。

寂寞之上沒有更上的寂寞了。

本書代序——尋路的人

贈徐玉諾君

我是尋路的人。我日日走著路尋路，終於還未知道這路的方向。

現在才知道了：在悲哀中掙扎著正是自然之路，這是與一切生物共同的路，不過我們意識著罷了。

路的終點是死，我們便掙扎著往那裡去，也便是到那裡以前不得不掙扎著。

我曾在西四牌樓看見一輛汽車載了一個強盜往天橋去處決，我心裡想，這太殘酷了，為什麼不照例用敞車送的呢？為什麼不使他緩緩的看沿路的景色，聽人家的談論，走過應走的路程，再到應到的地點，卻一陣風的把他送走了呢？這真是太殘酷了。

我們誰不坐在敞車上走著呢？有的以為是往天國去，正在歌笑；有的以為是下地獄去，正在悲哭；有的醉了，睡了。我們——只想緩緩的走著，看沿路的景色，聽人家談論，盡量的享受這些應得的苦和樂；至於路線如何，或是由西四牌樓往南，或是由東單牌樓往北，那有什麼關係？

玉諾是於悲哀深有閱歷的，這一回他的村寨被土匪攻破，只有他的父親在外邊，此外的人都還沒有消息。他說，他現在沒有淚了。——你也已經尋到了你的路了罷。

他的似乎微笑的臉，最令我記憶，這真是永遠的旅人的顏色。我們應當是最大的樂天家，因為再沒有什麼悲觀和失望了。

那自由寬懈的日子

三味書屋

舊日書房有各種不同的式樣，現今想約略加以說明。這可以分作家塾和私塾，其設在公共地方，如寺廟祠堂，所謂「廟頭館」者，不算在裡邊。上文所述的書房，即是家塾之一種，—— 我說一種，因為這只是具體而微，設在主人家裡，請先生來走教，不供膳宿，而這先生又是特別的麻胡，所以是那麼情形。李越縵有一篇〈城西老屋賦〉，寫家塾情狀的有一段很好，其詞曰：

維西之偏，實為書屋。榜曰水香，逸民所目。窗低迫檐，地窄疑。庭廣倍之，半割池淥。隔以小橋，雜蒔花竹。高柳一株，倚池而覆。予之童又，踞觚而讀。先生言歸，兄弟相逮。探巢上樹，捕魚入洑。拾磚擬山，激流為瀑。編木葉以作舟，揉筱枝而當軸。尋蟋蟀而牆，捉流螢以照牘。候鄰灶之飯香，共抱書而出塾。

這裡先生也是走教的，若是住宿在塾裡，那麼學生就得受點苦，因為是要讀夜書的。洪北江有《外家紀聞》中有一則云：

外家課子弟極嚴，自五經四子書及制舉業外，不令旁及，自成童入塾後曉夕有程，寒暑不輟，夏月別置大甕五六，令讀書者足貫其中，以避蚊蚋。

魯迅在第一次試作的文言小說〈懷舊〉中描寫惡劣的塾師「禿先生」，也假設是這樣的一種家塾，因為有一節說道：

> 初亦嘗扳王翁膝，令道山家故事，而禿先生必繼至，作厲聲曰，孺子勿惡作劇，食事既耶，盍歸就爾夜課矣！稍忤，次日即以界尺擊吾首，曰，汝作劇何惡，讀書何笨哉！我禿先生蓋以書齋為報仇地者，遂漸弗去。

第二種是私塾，設在先生家裡，招集學生前往走讀，三味書屋便是這一類的書房。這是坐東朝西的三間側屋，因為西邊的牆特別的高，所以並不見得西晒，夏天也還過得去。〈從百草園到三味書屋〉裡說明道：

> 出門向東，不上半里，走過一道石橋，便是我的先生的家了。從一扇黑油的竹門進去，第三間是書房。中間掛著一塊匾道：三味書屋。匾下面是一幅畫，畫著一隻很肥大的梅花鹿伏在古樹下。沒有孔子牌位，我們便對著那匾和鹿行禮。第一次算是拜孔子，第二次算是拜先生。
>
> 三味書屋後面也有一個園，雖然小，但在那裡也可以爬上花壇去折蠟梅花，在地上或桂花樹上尋蟬蛻。最好的工作是捉了蒼蠅餵螞蟻，靜悄悄的沒有聲音。然而同窗們到園裡的太多，太久，可就不行了，先生在書房裡便大叫起來：
>
> 「人都到哪裡去了！」
>
> 人們便一個一個陸續走回去，一同回去也不行的。他有一條戒尺，但是不常用，也有罰跪的規則，但也不常用，普通總不過瞪幾眼，大聲道：
>
> 「讀書！」

從這裡所說的看來，這書房是嚴整與寬和相結合，是夠得上說文明的私塾吧。但是一般的看來，這樣的書房是極其難得的，平常所謂私塾總還是壞的居多，塾師沒有學問還在其次，對待學生尤為嚴刻，彷彿把小孩子當作偷兒看待似的。譬如用戒尺打手心，這也罷了，有的塾師便要把手掌拗彎來，放在桌子角上，著實的打，有如捕快拷打小偷的樣子。在我們往三味書屋的途中，相隔才五六家的模樣，有一家王廣思堂，這裡邊的私塾便是以苛刻著名的。塾師當然是姓王，因為形狀特別，以綽號「矮癩胡」出名，真的名字反而不傳了，他打學生便是那麼打的，他又沒收學生帶去的燒餅糕乾等點心，歸他自己享用。他設有什麼「撒尿籤」的制度，學生有要小便的，須得領他這樣的籤，才可以出去。這種情形大約在私塾中間，也是極普通的，但是我們在三味書屋的學生得知了，卻很是駭異，因為這裡是完全自由，大小便時逕自往園裡走去，不必要告訴先生的。有一天中午放學，我們便由魯迅和章翔耀的率領下，前去懲罰這不合理的私塾。我們到得那裡，師生放學都已經散了，大家便攫取筆筒裡插著的「撒尿籤」撅折，將朱墨硯覆在地下，筆墨亂撒一地，以示懲罰，矮癩胡雖然未必改變作風，但在我們卻覺得這股氣已經出了。

下面這件事與私塾不相干，但也是在三味書屋時發生的事，所以連帶說及。聽見有人報告，小學生走過綢緞衖的賀家門口，被武秀才所罵或者打了，這學生大概也不是三味書屋的，大家一聽到武秀才，便不管三七二十一的覺得討厭，他的欺侮人是一定不會錯的，決定要打倒他才快意。這回計劃當然更大而且周密了，約定某一天分作幾批在綢緞衖集合，這些人好像是《水滸》的好漢似的，分散著在武秀才門前守候，卻總不見他出來，可能他偶爾不在，也可能他事先得到消息，怕同小孩們起衝突，但在這邊認為他不敢出頭，算是屈服了，由首領下令解散，各自回家。這些雖是瑣屑的事情，但即此以觀，也就可以想見三味書屋的自由的空氣了。

初戀

那時我十四歲，她大約是十三歲罷。我跟著祖父的妾宋姨太太寄寓在杭州的花牌樓，間壁住著一家姚姓，她便是那家的女兒。她本姓楊，住在清波門頭，大約因為行三，人家都稱她作三姑娘。姚家老夫婦沒有子女，便認她做乾女兒，一個月裡有二十多天住在他們家裡，宋姨太太和遠鄰的羊肉店石家的媳婦雖然很說得來，與姚宅的老婦卻感情很壞，彼此都不交口，但是三姑娘並不管這些事，仍舊推進門來遊嬉。她大抵先到樓上去，同宋姨太太搭訕一回，隨後走下樓來，站在我同僕人阮升公用的一張板棹旁邊，抱著名叫「三花」的一隻大貓，看我映寫陸潤庠的木刻的字帖。

我不曾和她談過一句話，也不曾仔細的看過她的面貌與姿態。大約我在那時已經很是近視，但是還有一層緣故，雖然非意識的對於她很是感到親近，一面卻似乎為她的光輝所掩，開不起眼來去端詳她了。在此刻回想起來，彷彿是一個尖面龐，烏眼睛，瘦小身材，而且有尖小的腳的少女，並沒有什麼殊勝的地方，但在我的性的生活裡總是第一個人，使我於自己以外感到對於別人的愛著，引起我沒有明瞭的性的概念的，對於異性的戀慕的第一個人了。

我在那時候當然是「醜小鴨」，自己也是知道的，但是終不以此而減滅我的熱情。每逢她抱著貓來看我寫字，我便不自覺的振作起來，用了平常所無的努力去映寫，感著一種無所希求的迷矇的喜樂。並不問她是否愛我，或者也還不知道自己是愛著她，總之對於她的存在感到親近喜悅，並且願為她有所盡力，這是當時實在的心情，也是她所給我的賜物了。在她是怎樣不能知道，自己的情緒大約只是淡淡的一種戀慕，始終沒有想到男女關係的問題。有一天晚上，宋姨太太忽然又發表對於姚姓的憎恨，末了說道：

「阿三那小東西，也不是好貨，將來總要流落到拱辰橋去做婊子的。」

我不很明白做婊子這些是什麼事情，但當時聽了心裡想道：「她如果真是流落做了，我必定去救她出來。」

大半年的光陰這樣的消費過了。到了七八月裡因為母親生病，我便離開杭州回家去了。一個月以後，阮升告假回去，順便到我家裡，說起花牌樓的事情，說道：

「楊家的三姑娘患霍亂死了。」

我那時也很覺得不快，想像她的悲慘的死相，但同時卻又似乎很是安靜，彷彿心裡有一塊大石頭已經放下了。

娛園

有三處地方，在我都是可以懷念的 —— 因為戀愛的緣故。第一是〈初戀〉裡說過了的杭州，其二是故鄉城外的娛園。

娛園是皋社詩人秦秋漁的別業，但是連在住宅的後面，所以平常只稱作花園。這個園據王眉叔的《娛園記》說，是「在水石莊，枕碧湖，帶平林，廣約頃許。曲構雲繚，疏築花幕。竹高出牆，樹古當戶。離離蔚蔚，號為勝區」。園築於咸豐丁巳（一八五七年），我初到那裡是在光緒甲午，已在四十年後，遍地都長了荒草，不能想見當時「秋夜聯吟」的風趣了。園的左偏有一處名叫潭水山房，記中稱它「方池湛然，簾戶靜鏡，花水孕穀，筍石餖藍」的便是。《娛園詩存》卷三中有諸人題詞，樊樊山的〈望江南〉云：

冰谷淨，山裡釣人居。花覆書床偎瘦鶴，波搖琴幌散文魚：水竹夜窗虛。

陶子縝的一首云：

澄潭瑩，明瑟敞幽房。茶火瓶笙山蠣洞，柳絲泉築水梟床：古幀寫秋光。

這些文字的費解雖然不亞於公府所常發表的駢體電文，但因此總可約略想見它的幽雅了。我們所見只是廢墟，但也覺得非常有趣，兒童的感覺原自要比大人新鮮，而且在故鄉少有這樣遊樂之地，也是一個原因。

娛園主人是我的舅父的丈人，舅父晚年寓居秦氏的西廂，所以我們常有遊娛園的機會。秦氏的西鄰是沈姓，大約因為風水的關係，大門是偏向的，近地都稱作「歪擺臺門」。據說是明人沈青霞的嫡裔，但是也已很是衰頹，我們曾經去拜訪他的主人，乃是一個二十歲左右的青年，跛著一足，在廳房裡聚集了七八個學童，教他們讀《千家詩》。娛園主人的兒子那時是秦氏的家主，卻因吸菸終日高臥，我們到傍晚去找他，請他畫家傳的梅花，可惜他現在早已死去了。

忘記了是那一年，不過總是庚子以前的事罷。那時舅父的獨子娶親（神安他們的魂魄，因為夫婦不久都去世了），中表都聚在一處，凡男的十四人，女的七人。其中有一個人和我是同年同月生的，我稱她為姊，她也稱我為兄：我本是一隻「醜小鴨」，沒有一個人注意的，所以我隱密的懷抱著的對於她的情意，當然只是單面的，而且我知道她自小許給人家了，不容再有非分之想，但總感著固執的牽引，此刻想起來，倒似乎頗有中古詩人（Troubadour）的餘風了。當時我們住在留鶴盦裡，她們住在樓上。白天裡她們不在房裡的時候，我們幾個較為年少的人便「乘虛內犯」走上樓去掠奪東西吃；有一次大家在樓上跳鬧，我彷彿無意似的拿起她的一件雪青紡綢衫穿了跳舞起來，她的一個兄弟也一同鬧著，不曾看出什麼破綻來，是我很得意的一件事。後來讀木下杢太郎的《食後之歌》，看到一首〈絳絹裡〉不禁又引起我的感觸。

到龕上去取筆去，
鑽過晾著的冬衣底下，
觸著了女衫的袖子。
說不出的心裡的擾亂，
「呀」的縮頭下來：
南無，神佛也未必見罪罷，
因為這已是故人的遺物了。

在南京的時代，雖然在日記上寫了許多感傷的話（隨後又都剪去，所以現在記不起它的內容了），但是始終沒有想及婚嫁的關係。在外邊漂流了十二年之後，回到故鄉，我們有了兒女，她也早已出嫁，而且抱著痼疾，已經與死當面立著了，以後相見了幾回，我又復出門，她不久就平安過去。至今她只有一張早年的照相在母親那裡，因她後來自己說是母親的義女，雖然沒有正式的儀節。

自從舅父全家亡故之後，二十年沒有再到娛園的機會，想比以前必更荒廢了。但是它的影像總是隱約的留在我腦底，為我心中的火焰（Fiammetta）的餘光所映照著。

懷舊

讀了郝秋圃君的雜感〈聽一位華僑談話〉，不禁引起我的懷舊之思。我的感想並不是關於僑民與海軍的大問題的，只是對於那個南京海軍魚雷槍炮學校前身略有一點回憶罷了。

海軍魚雷槍炮學校大約是以前的《封神傳》式的「雷電學校」的改稱，但是我在那裡的時候，還叫做「江南水師學堂」，這已是二十年前的事情了。那時魚雷剛才停辦，由駕駛管輪的學生兼習，不過大家都不用心。所以我現在除了什麼「白頭魚雷」等幾個名詞以外，差不多忘記完了。

舊日的師長裡很有不能忘記的人，我是極表尊敬的，但是不便發表，只把同學的有名人物數一數罷。勳四位的杜錫珪君要算是最闊了，說來慚愧，他是我進校的那一年畢業的，所以終於「無緣識荊」。同校三年，比我們早一班畢業的裡邊，有中將戈克安君是有名的，又倘若友人所說不誤，現任的南京海軍……學校校長也是這一班的前輩了，江西派的詩人胡詩廬君與杜君是同年，只因他是管輪班，所以我還得見過他的詩稿。而於我的同班呢，還未出過如此有名的人物，而且又多未便發表，只好提出一兩個故人來說說了。第一個是趙伯先君，第二個是俞榆孫君。伯先隨後改入陸師學堂，死於革命運動；榆孫也改入京師醫學館，去年死於防疫。這兩個朋友恰巧先後都住在管輪堂第一號，便時常聯帶的想起。那時劉聲元君也在那裡學魚雷，住在第二號，每日同俞君角力，這個情形還宛在目前。

學校的西北角是魚雷堂舊址，旁邊朝南有三間屋日關帝廟，據說原來是游泳池，因為溺死過兩個小的學生，總辦命令把它填平，改建關帝廟，用以鎮壓不祥。廟裡住著一個更夫，約有六十多歲，自稱是個都司，每日三次往管輪堂的茶爐去取開水，經過我的鐵格窗外，必定和我點頭招呼（和人家自然也是一樣），有時拿了自養的一隻母雞所生的雞蛋來兜售，小洋一角買十六個。他很喜歡和別人談長毛時事，他的都司大約就在那時得來，可惜我當時不知道這些談話的價值，不大願意同他去談，到了現在回想起來，實在覺得可惜了。

關帝廟之東有幾排洋房，便是魚雷廠機器廠等，再往南去是駕駛堂的號舍了。魚雷廠上午八時開門，中午休息，下午至四五時關門。廠門裡邊兩旁放著幾個紅色油漆的水雷，這個龐大笨重的印象至今還留在腦裡。看去似乎是有了年紀的東西，但新式的是怎麼樣子，我在那裡終於沒見過。廠裡有許多工匠，每天在那裡磨擦魚雷，我聽見教師說，魚雷的作用全靠著磷銅缸的氣壓，所以看著他們磨擦，心想這樣的擦去，不要把銅漸漸擦薄了麼，不禁代為著急。不知現在已否買添，還是仍舊磨擦著那幾個原有的呢？郝君雜感中云：「軍火重地，嚴守祕密……唯魚雷及機器場始終未參觀。」與我舊有的印象截然不同，不禁使我發生了極大的今昔之感了。

水師學堂是我在本國學過的唯一的學校，所以回想與懷戀很多，一時寫說不盡，現在只略舉一二，紀念二十年前我們在校時的自由寬懈的日子而已。

懷舊之二

在《青光》上見到仲賢先生的〈十五年前的回憶〉，想起在江南水師學堂的一二舊事，與仲賢先生所說的略有相關，便又記了出來，作這一篇〈懷舊之二〉。

我們在校的時候，管輪堂及駕駛堂的學生雖然很是隔膜，卻還不至於互相仇視，不過因為駕駛畢業的可以做到「船主」，而管輪的前程至大也只是一個「大俥」，終於是船主的下屬，所以駕駛學生的身分似乎要高傲一點了。班次的階級，便是頭班和二班或副額的關係，卻更要不平，這種實例很多，現在略舉一二。學生房內的用具，照例向學堂領用，但二班以下只準用一頂桌子，頭班卻可以占用兩頂以上，陳設著仲賢先生說的那些「花瓶自鳴鐘」。我的一個朋友W君同頭班的C君同住，後來他遷往別的號舍，把自己固有的桌子以外又搬去C君的三頂之一。C君勃然大怒，罵道：「你們即使講革命，也不能革到這個地步。」過了幾天，C君的好友K君向著W君尋釁，說「我便打你們這些康黨」，幾乎大揮老拳，大家都知道是桌子風潮的餘波。

頭班在飯廳的坐位都有一定，每桌至多不過六人，都是同班至好或是低級裡附和他們的小友，從容談笑的吃著，不必搶奪吞嚥。階級低的學生便不能這樣的舒服，他們一聽吃飯的號聲，便須直奔向飯廳裡去，在非頭班所占據的桌上見到一個空位，趕緊坐下，這一餐的飯才算安穩到手了。在這大眾奔竄之中，頭班卻比平常更從容的，張開兩隻臂膊，像螃蟹似的，在雁木形的過廊中央，大搖大擺的踱方步。走在他後面的人，不敢僭越，只能也跟著他踱，到得飯廳，急忙的各處亂鑽，好像是晚上尋不著巢的雞，好容易找到位置，一碗雪裡蕻上面的幾片肥肉也早已不見，只好吃一頓素飯罷了。我們幾個人不佩服這個階級制度，往往從他的臂膊間擠過，衝向前去，這一件事或者也就是革命黨的一個證據罷。

仲賢先生的回憶中，最令我注意的是那山上的一隻大狼，因為正同老更夫一樣，他也是我的老相識。我們在校時，每到晚飯後常往後山上去遊玩，但是因為山坳裡的農家有許多狗，時以惡聲相向，所以我們習慣都拿一枝棒出去。一天的傍晚我同友人 L 君出了學堂，向著半山的一座古廟走去，這是同學常來借了房間叉麻雀的地方。我們沿著同校舍平行的一條小路前進，兩旁都生著稻麥之類，有三四尺高。走到一處十字叉口，我們看見左邊橫路旁伏著一隻大狗，照例揮起我們的棒，他便竄去麥田裡不見了。我們走了一程，到了第二個十字叉口，卻又見這隻狗從麥叢裡露出半個身子，隨即竄向前面的田裡去了。我們覺得他的行為有點古怪，又看見他的尾巴似乎異常，猜想他不是尋常的狗，於是便把這一天的散步中止了。後來同學中也還有人遇見過他，因為手裡有棒，大抵是他先迴避了。原來過了五六年之後他還在那裡，而且居然「白晝傷人」起來了。不知道他現今還健在否？很想得到機會，去向現在南京海軍魚雷槍炮學校的同學打聽一聲。

十天以前寫了一篇，從郵局寄給報社，不知怎的中途失落了，現在重新寫過，卻沒有先前的興致，只能把文中的大意紀錄出來罷了。

學校生活的一葉

一九〇一年的夏天考入江南水師學堂，讀「印度讀本」，才知道在經史子集之外還有「這裡是我的新書」。但是學校的功課重在講什麼鍋爐 —— 聽先輩講話，只叫「薄厄婁」，不用這個譯語，—— 或經緯度之類，英文讀本只是敲門磚罷了。所以那印度讀本不過發給到第四集，此後便去專弄鍋爐，對於「太陽去休息，蜜蜂離花叢」的詩很少親近的機會；字典也只發給一本商務印書館的「華英字典」（還有一本那泰耳英文字典），表面寫著「華英」，其實卻是英華的，我們所領到的大約還是初板，其中有一個訓作孌童的字 —— 原文已忘記了 —— 他用極平易通俗的一句話作註解，這是一種特別的標徵，比我們低一級的人所領來的書裡已經沒有這一條了。因為是這樣的情形，大家雖然讀了他們的「新書」，卻仍然沒有得著新書的趣味，有許多先輩一出了學堂便把字典和讀本全數遺失，再也不去看他，正是當然的事情。

我在印度讀本以外所看見的新書，第一種是從日本得來的一本《天方夜談》，這是倫敦紐恩士公司發行三先令半的插畫本，其中有亞拉廷拿著神燈，和亞利巴巴的女奴拿了短刀跳舞的圖，我還約略記得。當時這一本書不但在我是一種驚異，便是丟掉了字典在船上供職的老同學見了也以為得未曾有，借去傳觀，後來不知落在什麼人手裡，沒有法追尋，想來即使不失落也當看破了。但是在這本書消滅之前，我便利用了它，做了我的「初出手」。《天方夜談》裡的〈亞利巴巴與四十個強盜〉是世界上有名的故事，我看了覺得很有趣味，陸續把它譯了出來——當然是用古文而且帶著許多誤譯與刪節。當時我一個同班的朋友陳君定閱蘇州出板的《女子世界》，我就把譯文寄到那裡去，題上一個「萍雲」的女子名字，不久居然登出，而且後來又印成單行本，書名是《俠女奴》。這回既然成功，我便高興起來，又將美國亞倫坡（E · Allen Poe）的小說《黃金蟲》譯出，改名《山羊圖》，再寄給《女子世界》社的丁君。他答應由《小說林》出板，並且將書名換作《玉蟲緣》。至於譯者的名字則為「碧羅女士！」這大約都是一九〇四年的事情。近來常見青年在報上通訊喜用姊妹稱呼，或者自署稱什麼女士，我便不禁獨自微笑，這並不是嘲弄的意思，不過因此想起十八九年前的舊事，彷彿覺得能夠了解青年的感傷的心情，禁不住同情的微笑罷了。

此後我又得到幾本文學書，但都是陀勒插畫的《神曲地獄篇》，凱拉爾（Caryle）的《英雄崇拜論》之類，沒有法子可以利用。那時蘇子谷在上海報上譯登《慘世界》，梁任公又在《新小說》上常講起「囂俄」，我就成了囂俄的崇拜者，苦心孤詣的搜求他的著作，好容易設法湊了十六塊錢買到一部八冊的美國板的囂俄選集。這是不曾見過的一部大書，但是因為太多太長了，卻也就不能多看，只有〈死囚的末日〉和 Claude Gueux 這兩篇時常拿來翻閱。一九〇六年的夏天住在魚雷堂的空屋裡，忽然發心想做小說，定名曰《孤兒記》，敘述孤兒的生活；上半是創造的，全憑了自己的貧弱的想像支撐過去，但是到了孤兒做賊以後便支持不住了，於是把囂俄的文章盡量的放進去，孤兒的下半生遂成為 Claude 了：這個事實在例言上有沒有聲明，現在已經記不清楚，連署名用哪兩個字也忘記了。這篇小說共約二萬字，直接寄給《小說林》，承他收納，而且酬洋二十元。這是我所得初次的工錢，以前的兩種女性的譯書只收到他們的五十部書罷了。這二十塊錢我拿了到張季直所開的洋貨公司裡買了一個白帆布的衣包，其餘的用作歸鄉的旅費了。

以上是我在本國學校讀書和著作的生活。那三種小書僥倖此刻早已絕板，就是有好奇的人恐怕也不容易找到了：這是極好的事，因為他們實在沒有給人看的價值。但是在我自己卻不是如此，這並非什麼敝帚自珍，因為他們是我過去的出產，表示我的生活的過程的，所以在回想中還是很有價值，而且因了自己這種經驗，略能理解現在及未來的後生的心情，不至於盛氣的去喝斥他們，這是我所最喜歡的，我想過去的經驗如於我們有若干用處，這大約是最重要的一點罷。

五年間的回顧

在南京的學堂裡五年，到底學到了什麼呢？除了一點普通科學知識以外，沒有什麼特別的東西。但是也有些好處，第一是學了一種外國語，第二是把國文弄通了，可以隨便寫點東西，也開始做起舊詩來。這些可以籠統的說一句，都是浪漫的思想，有外國的人道主義，革命思想，也有傳統的虛無主義，金聖歎梁任公的新舊文章的影響，雜亂的拼在一起。這於甲辰乙巳最為顯著，現在略舉數例，如甲辰「日記甲」序云：

世界之有我也，已二十年矣，然廿年以前無我也，廿年以後亦必已無我也，則我之為我亦僅如輕塵棲弱草，彈指終歸寂滅耳，於此而尚欲借駒隙之光陰，涉筆於米鹽之瑣屑，亦愚甚矣。然而七情所感，哀樂無端，拉雜記之，以當雪泥鴻爪，亦未始非蜉蝣世界之一消遣法也。先儒有言，天地之大，而人猶有所恨，傷心百年之際，興哀無情之地，不亦傎乎，然則吾之記亦可以不作也夫。甲辰十二月，天欷自序。

是歲除夕記云：

歲又就闌，予之感情為何如乎，蓋無非一樂生主義而已。除夕予有詩云：東風三月煙花好，秋意千山雲樹幽，冬最無情今歸去，明朝又得及春遊。可以見之。

然予之主義，非僅樂生，直並樂死。小除詩云：一年倏就除，風物何淒緊。百歲良悠悠，白日催人盡。既不為大椿，便應如朝菌。一死息群生，何處問靈蠢。可以見之。

這裡的思想是很幼稚的，但卻是很真摯，因為日記裡一再的提及，如乙巳元旦便記著：

是日也，賀者賀，吊者吊，賀者無知，吊者多事也。予則不喜不悲，無所感。

又初七日記云：

世人吾昔覺其可惡，今則見其可悲，茫茫大地，荊蕙不齊，孰為猿鶴，孰為沙蟲，要之皆可憐兒也。

那時候開始買佛經來看。最初是十二月初九日，至延齡巷金陵刻經處買得佛經兩本，記得一本是《投身飼餓虎經》，還有一本是經指示說，初學最好看這個，乃是《起信論》的纂注。其實我根本是個「少信」的人，無從起信，所以始終看了「不入」，於我很有影響的乃是投身飼虎的故事，這件浪漫的本生故事一直在我的記憶上留一痕跡，我在一九四六年作〈往昔三十首〉，其第二首是〈詠菩提薩埵〉，便是說這件事的，前後已經相隔四十多年了。

丙午（一九〇六）年以後，因為沒有寫日記，所以無可依據了，但是有一篇〈秋草閒吟序〉，是那年春天所作，詩稿已經散佚，這序卻因魯迅手抄的一本保存在那裡，現在得以轉錄於下：

予家會稽，入東門凡三四里，其處荒僻，距市遼遠，先人敝廬數楹，聊足蔽風雨，屋後一圃，荒荒然無所有，枯桑衰柳，倚徙牆畔，每白露下，秋草滿園而已。予心愛好之，因以園客自號，時作小詩，顧七八年來得輒棄去，雖裒之可得一小帙，而已多付之腐草矣。今春無事，因摭存一二，聊以自娛，仍名秋草，意不忘園也。嗟夫，百年更漏，萬事雞蟲，對此茫茫，能無悵悵，前因未昧，野花衰草，其遲我久矣。卜築幽山，詔猶在耳，而紋竹徒存，吾何言者，雖有園又烏得而居之？借其聲，發而為詩，哭歟歌歟，角鴟山鬼，對月而夜嘯歟，抑悲風戚戚之振白楊也。龜山之松柏何青青耶，茶花其如故耶？秋草蒼黃，如入夢寐，春風雖至，綠意如何，過南郭之原，其能無惘惘而雪涕也。丙午春，秋草園客記。

在這裡青年期的傷感的色彩還是很濃厚，但那些爛調的幼稚筆法卻已逐漸減少了。上文說過的詩句，「獨向龜山望松柏，夜烏啼上最高枝」，大抵是屬於這一時期的，這裡顯然含著懷舊的意味。乙巳二月中記云：

過朝天宮，見人於小池塘內捕魚，勞而所獲不多，大抵皆鰍魚之屬耳。憶故鄉菱蕩釣鰷，此樂寧可再得，令人不覺有故園之思。

這與辛丑魯迅的〈再和別諸弟原韻〉第二首所云，「悵然回憶家鄉樂，抱甕何時共養花」，差不多是同一樣的意思。

故鄉的回顧

這回我終於要離開故鄉了。我第一次離開家鄉，是在我十三歲的時候，到杭州去居住，從丁酉正月到戊戌的秋天，共有一年半。第二次那時是十六歲，往南京進學堂去，從辛丑秋天到丙午夏天，共有五年，但那是每年回家，有時還住的很久。第三次是往日本東京，卻從丙午秋天一直至辛亥年的夏天，這才回到紹興去的。現在是第四次了，在紹興停留了前後七個年頭，終於在丁巳（一九一七）年的三月，到北京來教書，其時我正是三十三歲，這一來卻不覺已經有四十幾年了。總計我居鄉的歲月，一裹腦兒的算起來不過二十四年，住在他鄉的倒有五十年以上，所以說對於紹興有怎麼深厚的感情與了解，那似乎是不很可靠的。但是因為從小生長在那裡，小時候的事情多少不容易忘記，因此比起別的地方來，總覺得很有些可以留戀之處。那麼我對於紹興是怎麼樣呢？有如古人所說，「維桑與梓，必恭敬止」，便是對於故鄉的事物，須得尊敬。或者如《會稽郡故書雜集》序文裡所說，「序述名德，著其賢能，記注陵泉，傳其典實，使後人穆然有思古之情」，那也說得太高了，似乎未能做到。現在且只具體的說來看：第一是對於天時，沒有什麼好感可說的。紹興天氣不見得比別處不好，只是夏天氣候太潮溼，所以氣溫一到了三十度，便覺得燠悶不堪，每到夏天，便是大人也要長上一身的痱子，而且蚊子眾多，成天的繞著身子飛鳴，彷彿是在蚊子堆裡過日子，不是很愉快的事。冬天又特別的冷，這其實是並不冷，只看河水不凍，許多花木如石榴柑桔桂花之類，都可以在地下種著，不必盆栽放在屋裡，便可知道，但因為屋宇的構造全是為防潮溼而做的，椽子中間和窗門都留有空隙，而且就是下雪天門窗也不關閉，室內的溫度與外邊一樣，所以手足都生凍瘡。我在來北京以前，在紹興過了六個冬天，每年要生一次，至今已過了四十五年了，可是腳後跟上的凍瘡痕跡卻還是存在。再說地理，那是「千岩競秀，萬壑爭流」的名勝地方，但是所謂名勝多是很無聊的，這也不單是紹興為然，本沒有什麼好，實在倒是整個的風景，便是這千岩萬壑並作一起去看，正是名勝的所在。李越縵念念不忘越中湖塘之勝，在他的幾篇賦裡，總把環境說上一大篇，至今讀起來還覺得很有趣味，正可以說是很能寫這種情趣的。至於說到人物，古代很是長遠，所以遺留下有些可以佩服的人，但是現代才只是幾十年，眼前所見就是這些人，古語有云，先知不見重於故鄉，何況更是凡人呢？紹興人在北京，很為本地人所討厭，或者在別處也是如此，我因為是紹興人，深知道這種情形，但是細想自己也不能免，實屬沒法子，唯若是叫我去恭唯那樣的紹興人，則我唯有如〈望越篇〉裡所說，「撒灰散頂」，自己詛咒而已。

對於天地與人既然都碰了壁，那麼留下來的只有「物」了。魯迅於一九二七年寫《朝花夕拾》的小引裡，有一節道：

> 我有一時，曾經屢次憶起兒時在故鄉所吃的蔬果，菱角，羅漢豆，茭白，香瓜。凡這些，都是極其鮮美可口的，都曾是使我思鄉的蠱惑。後來，我在久別之後嘗到了，也不過如此，唯獨在記憶上，還有舊來的意味留存。他們也許要哄騙我一生，使我時時反顧。

這是他四十六歲所說的話，雖然已經過了三十多年的歲月，我想也可以借來應用，不過哄騙我的程度或者要差一點了。李越縵在〈城西老屋賦〉裡有一段說吃食的道：

若夫門外之事，市聲沓囂。雜剪張與酒趙，亦織而吹簫。東鄰魚市，罟師所朝。魴鯉鰱鯿，澤國之饒。鯽闊論尺，銛若刀。鰻鱔蝦鱉，稻蟹巨螯。屆日午而濈集，呴腥沫而若潮。西鄰菜傭，瓜茄果匏。蹲鴟蘆菔，夥頤菰茭。綠壓村擔，紫分野舠。蔥韭蒜薤，日充我庖。值夜分之群息，乃諧價以雜嘈。

羅列名物，迤邐寫來，比王梅溪的〈會稽三賦〉的志物的一節尤其有趣。但是引誘我去追憶過去的，還不是這些，卻是更其瑣屑的也更是不值錢的，那些小孩兒所吃的夜糖和炙糕。一九三八年二月我曾作〈賣糖〉一文寫這事情，後來收在《藥味集》裡，自己覺得頗有意義。後來寫〈往昔三十首〉，在五續之四云：

往昔幼小時，吾愛炙糕擔。夕陽下長街，門外聞呼喚。竹籠架熬盤，瓦鉢熾白炭。上炙黃米糕，一錢買一片。麻糍值四文，豆沙裹作餡。年糕如水晶，上有桂花糝。品物雖不多，大抵甜且暖。兒童圍作圈，探囊競買啖。亦有貧家兒，銜指倚門看。所缺一文錢，無奈英雄漢。

題目便是〈炙糕擔〉。又作〈兒童雜事詩〉三編，其丙編之二二是詠果餌的，詩云：

兒曹應得念文長，解道敲鑼賣夜糖，想見當年立門口，茄脯梅餅遍親嘗。

注有云：

小兒所食圓糖，名為夜糖，不知何義，徐文長詩中已有之。

詳見《藥味集》的那篇〈賣糖〉文中。這裡也很湊巧，那徐文長正是紹興人，他的書畫和詩向來是很有名的。

道路的記憶一

凡是一條道路，假如一個人第一次走過，一定會有好些新的發見，值得注意，但是過了些時候卻也逐漸的忘記了。可是日子走得多了，情形又有改變，許多事情不新鮮了，然而有一部分事物因為看得長久了，另外發生一種深切的印象，所以重又記住，這卻是輕易不容易忘記，久遠的留在記憶裡。我所想記者便是這種事情，姑且以最熟習的往兩個大學去的路上為例，這就是北京大學和燕京大學，自南至北，自西至東，差不多京師的五城都已跑遍了，論時則長的有二十年，短的也有十年，與今日相去也已有三十年光景，所以殊有隔世之感了，現在就記得的記錄一點下來，未始不是懷古的好資料吧。

北京大學從前在景山東街，後來改稱第二院，新建成的宿舍作為第一院，在漢花園，因為就是沙灘的北口，所以也籠統稱為沙灘。這是在故宮的略為偏東北一點的地方，即是北京的中央，以前警廳稱為中一區的便是。可是我的住處卻換了兩處，民國六年至八年（一九一七至一九一九）住在南半截胡同，位於宣武門外菜市口之南，往北大去須朝東北，但以後住在現今的地方，是西直門內新街口之西，所以這又須得朝著東南走了。這兩條線會合在北大，差不多形成一個鈍角，使我在這邊線上看得一個大略，這是很有意思的，叫我至今不能忘記。

往北大去的路線有好幾條，大意只是兩種，即是走到菜市口之後，是先往東走呢，還是先往北走？現在姑且說頭一種走法，即由菜市口往騾馬市走去 —— 這菜市口當時的印象就不很好，在現今大約都已不記得了吧，雖然在民國以來早已不在那裡殺人，但是庚子時候的殺五大臣，戊戌的殺「六君子」，都是在那裡，不由人不聯想起來，而那個飽經世變的「西鶴年堂」卻仍是屹立在那邊，更令人會幻想起當時的情景，不過這只是一轉瞬就過去了。往東走到虎坊橋左近，車子就向北走進五道廟街，以後便一直向東向北奔去。這中間經過名字很怪的李鐵拐斜街，走到前門繁盛市街觀音寺街和大柵欄 —— 大柵欄因為行人太多，所以車子不大喜歡走，大抵拐彎由廊房頭條進珠寶市，而出至正陽門了。這以後便沒有什麼問題，走過了天安門廣場，在東長安街西邊便是南池子接北池子這條漫長的街道，走完了這街就是沙灘了。

第二種走法是先往北走，就是由菜市口一直進宣武門，透過單牌樓和四牌樓 —— 這些牌樓現在統沒有了，但是在那時候都還是巍然在望的。說起西四牌樓來，這也是很可怕的地方，因為明朝很利用它為殺人示眾之處，不，不只是殺而是剮，據書中記錄明末將不孝繼母的翰林鄭鄤，欽命剮多少刀的，就是在這個寫著「大市街」的牌樓的中間。現在沒有這些牌樓了，倒也覺得乾淨，雖然記憶還不能抹拭乾淨，看來崇禎的倒楣實在是活該的，他的作風與洪武永樂相去不遠，後人記念他，附會他是朱天君，乃是因為反對滿清的緣故罷了。朝北走到西四牌樓，這已經夠了，以後便是該往東走，但是因為中間有一個北海和中南海梗塞著，西城和中城的交通很是不方便，籠總只有兩條路可走，一條是由西單牌樓拐彎，順著西長安街至天安門，一條則是由西四牌樓略南拐彎，順著西安門大街過北海橋，至北上門，這是故宮的後門，北邊便是景山，中間也可以透過。雖說這兩條路一樣的可以走得，但是拉車的因為怕北海橋稍高（解放後重修，這才改低了），所以不大喜歡走這條路，往往走到西單牌樓，便取道西長安街，在不到天安門的時候就向北折行，進南長街去了。南長街與北長街相連接，是直通南北的要道，與南北池子平行，是故宮左右兩側的唯一的通路，不過它通到北頭，離沙灘還隔著一程，就是故宮的北邊這一面，現在稱為景山前街的便是。在這段街路上，雖然不到百十丈遠，卻見到不少難得看見的情景，乃是打發到玉泉山去取御用的水回來的驢車，紅頂花翎的大官坐著馬車或是徒步走著，成群的從北上門退出，乃是上朝回來的人，這些都是後來在別的地方所見不到的東西，但是自從搬家到西北城之後，到北大去不再走這條道路，所以後來也就沒有再見的機會了。

從外城到北大去，隨便在外邊叫一輛洋車，走路由車伕自願，無論怎樣走都好，但是平均算來總有一半是走前門的，所以購買東西很是方便，不必特別上街去，那時買日用雜貨的店鋪差不多集中前門一帶，只有上等文具則在琉璃廠，新書也以觀音寺街的青雲閣最為齊備，樓上也有茶點可吃，住在會館裡的時候幾乎每星期日必到那裡，記得小吃似乎比別的地方為佳，不過那都是「五四」以前的事，去今已是四十多年了。

從西北城往北大的路，與上邊所說正是取相反的方向，便是一路只從東南走去，這路只有一條，即是進地安門即後門出景山後街，再往東一拐即是景山東街了，此外雖然還有走西安門大街的一條路，但那似乎要走遠一點，所以平常總是不大走。這一條從新街口到後門的路本來也很平凡，只是我初來北京往訪蔡校長的時候，曾經錯走過一次，所以覺得很有意思，不過那是出地安門來的就是了。後來走的是從新街口往南，在護國寺街東折，沿著定府大街通往龍頭井，迤邐往南便是皇城北面的大路了。這一路雖是冷靜平凡，可是變遷很多，也很值得講。第一是護國寺，這裡每逢七八有廟會，裡邊什麼統有，日常用品以及玩具等類，茶點小吃，演唱曲藝，都是平民所需要的，無不具備，來玩的人真是人山人海，終年如此。這稱為西廟，與東城隆福寺稱作東廟的相對，此外西城還有白塔寺也有廟會，不過那是規模很小，不能相比了。第二是定府大街，後來改稱定阜大街，原來是以王府得名，這就是清末最有勢力的慶王的住宅，雖是在民國以後卻還是很威風，門前站著些衛兵，裝著拒馬。後來將東邊地方賣給天主教人，建造起輔仁大學，此後他們的威勢似乎漸漸的不行了。第三是那條皇城北面的街路，當初有高牆站在那裡，牆的北邊是那馬路，車子沿著牆走著，樣子是夠陰沉沉的，特別在下雪以後，那靠牆的一半馬路老是冰凍著，到得天暖起來這一半也總是溼淋淋的，這個印象還是記得。那裡從前通什剎海的一座石橋就有一部分砌在牆內，便稱作西壓橋，和那東邊的橋相對，那邊的橋不被壓著，所以稱為東不壓橋。西壓橋以北是什剎海，乃是明朝以來的名勝，到了民國以後也還是人民的公園，特別是在夏季，興起夏令市場，擺些茶攤點心鋪，買八寶蓮子粥最有名，又有說書歌唱賣技的處所，可以說是平民的遊樂地。我雖然時常走過，遠聞鼓樂聲，看大家熙來攘往的，就可惜不曾停了車子，走去參加盛會，確實是一回遺憾的事情。

道路的記憶二

我是從民國十一年才進燕京大學去教書，至二十年退出，在這個期間我的住處沒有變動，但是學校卻搬了家，最初是在崇文門內盔甲廠，乃是北京內城的東南隅，和我所住的西北城正成一條對角線，隨後遷到西郊的海甸，卻離西直門很遠，現今公共汽車計有十站，大約總有十幾里吧。但是當初在城裡的時候，這條對角線本來也不算近，以前往北大去曾經試驗步行過，共總要花一個鐘頭，車子則只要三十分鐘，若是往燕大去車子要奔跑一個鐘頭，那麼是北大的二倍了。我在那邊上課的時間都是排在下午，可以讓我在上午北大上完課之後再行前去，中午叫工友去叫一盤炒麵，外帶兩個「窩果兒」即是汆雞子來，只要用兩三角錢就可以吃飽，但是也有時來不及吃，只可在東安市場買兩個雞蛋糕的卷子，冬天放下車簾一路大吃，等得到來也就可以吃完了。從北大走去，那條對角線恰是一半，其路線則由漢花園往南往東，或者取道北河沿，或者由翠花胡同出王府大街，反正總要走過東安市場所在的東安門的。說起東安門來也有復辟時記憶留著，那朝西北的門洞邊上有著槍彈的痕跡，即是張勳公館的辮子兵所打出來的，不過現在東安門久已拆除，所以這些遺蹟已全然不見了。自東安市場以至王府井大街，再往東便是東單牌樓了，那是最為繁盛的地方，買什麼東西都很方便，那時雖然不再走過前門，可是每星期總要幾回走過東單，就更覺得便利了。東單牌樓往南走不多遠，就得往東去，或在蘇州胡同拐彎再轉至五老胡同，或者更往南一點進船板胡同釣餌胡同，出去便是溝沿頭，它的南端與盔甲廠相接。說也奇怪，這北京東南的地方在我卻是似曾相識，因為在五年前復辟的時候，我們至東城避難，而這家旅館乃是恰在船板胡同的陋巷裡。我們在那裡躲了幾天，有時溜出去買英文報看，買日本點心吃，所以在附近的幾條胡同裡也徘徊過，如今卻又從這裡經過，覺得很有意思。我利用來東城的機會，時常照顧的是八寶胡同的青林堂日本點心鋪，東單的祥泰義食料鋪，買些法國的蒲桃酒和苦艾酒等。傍晚下課回來，一直要走一個多鐘頭，路實在長得可以，而且下午功課要四點半鐘才了，冬天到了家裡要六點鐘了，天色已經昏黑，頗有披星戴月之感，幸而幾年之後學校就搬了家，又是另外一種情形了。

燕京大學的新校址在西郊簍斗橋地方，據說是明朝米家的花園叫做勺園，不過木石均已無復存留，只有進門後的一座石橋，大概還是舊物吧。現在已改為北京大學，建築已很有增加，但是大體上似乎還無什麼改變。往海甸去的道程已有許多不同吧，就當時的狀態來說，有民國十五年（一九二六）十月三十日所寫的一封通信，登在《語絲》上面，題曰〈郊外〉，可以看見其時北京的一點情形，今抄錄於下：

燕大開學已有月餘，我每星期須出城兩天，海甸這一條路已經有點走熟了。假定上午八時出門，行程如下，即十五分高亮橋，五分慈獻寺，十分白祥庵南村，十分葉赫那拉氏墳，五分黃莊，十五分海甸北簍斗橋到。今年北京的秋天特別好，在郊外的秋色更是好看，我在寒風中坐在洋車上遠望鼻煙色的西山，近看樹林後的古廟以及河邊一帶微黃的草木，不覺過了二三十分的時光。最可喜的是大柳樹南村與白祥庵南村之間的一段S字形的馬路，望去真與畫圖相似，總是看不厭。不過這只是說那空曠沒有人煙的地方，若是市街，例如西直門外或海甸鎮，那是很不愉快的，其中以海甸為尤甚，道路破壞汙穢，兩旁溝內滿是垃圾以及居民所傾倒出來的煤球灰，全是一副沒人管理的地方的景象。街上三三五五遇見灰色的人們，學校或商店的門口常貼著一條紅紙，寫著什麼團營連等字樣。這種情形以我初出城時為最甚，現在似乎少好一點了，但是還未全去。我每經過總感到一種不愉快，覺得這是占領地的樣子，不像是在自己的本國走路，我沒有親見過，但常常冥想歐戰時比利時等處或者是這個景象吧。海甸的蓮花白酒是頗有名的，我曾經買過一瓶，價貴而味仍不甚佳，我不喜歡喝它。我總覺得勃闌地最好，但是近來有什麼機制酒稅，價錢大漲，很有點買不起了。—— 城外路上還有一件討厭的東西，便是那紙煙的大招牌。我並不一定反對吸紙煙，就是豎招牌也未始不可，只要弄得好看一點，至少也要不醜陋，而那些招牌偏偏都是醜陋的。把這些粗惡的招牌立在占領地似的地方，倒也是極適合的罷？

那時候正是「三一八」之年，這時馮玉祥的國民軍退守南口，張作霖的奉軍和直魯軍進占北京，上面所說便是其時的情形，也就是上文說過的履霜堅冰至的時期了。

我在燕京前後十年，以我的經驗來說，似乎在盔甲廠的五年比較更有意思。從全體說起來，自然是到海甸以後，校舍設備功課教員各方面都有改進，一切有個大學的規模了，但我覺得有點散漫，還不如先前簡陋的時期，什麼都要緊張認真，學生和教員的關係也更為密切。我覺得在燕大初期所認識的學生中間有好些不能忘記的，過於北大出身的人，而這些人又不是怎麼有名的，現在姑且舉出一個已經身故的人出來，這人便是畫家司徒喬。他在民國十四年六月擬開一次展覽會，叫我寫篇介紹，我是不懂畫和詩的，但是寫了一篇〈司徒喬所作畫展覽會的小引〉在報上發表了，其詞曰：

司徒君是燕京大學的學生。他性喜作畫，據他的朋友說，他作畫比吃飯還要緊。他自己說，他所以這樣的畫，自有他不得不畫的苦衷，這便因為他不能閉著眼睛走路。我們在路上看見了什麼，回來就想對朋友說說，他也就忍不住要把它畫出來。我是全然不懂畫的，但他作畫的這動機我覺得還能了解，因為這與我們寫文章是一致的。司徒君畫裡的人物大抵是些乞丐，驢夫和老頭子，這是因為他眼中的北京是這樣，雖然北京此外或者還有別的好東西，大家以為好的物與人。有一天，我到他宿舍裡去，看見他正在作畫，大乞丐小乞丐並排著坐在他的床沿上 —— 大的是瞎了眼的，但聽見了聲音，趕緊站了起來。我真感覺不安，擾亂了他們正經工作。我又見到一張畫好了的老頭兒的頭部，據說也是一個什麼胡同的老乞丐，在他的皺紋和鬚髮裡真彷彿藏著四千年的苦辛的歷史。我是美術的門外漢，不知道司徒君的畫的好壞，只覺得他這種作畫的態度是很可佩服的。現在他將於某日在帝王廟展覽他的繪畫，我很願意寫幾句話做個介紹，至於藝術上的成就如何，屆時自有識者的批判，恕我不能贊一辭了。

那時他的宿舍也就是在盔甲廠附近的一間簡陋的民房，後來在西郊建起新的齋舍，十分整齊考究，可是沒有那一種自由，他也沒有在那裡唸書了。民國廿三年（一九三四）他外遊歸來，回到北京來看我，給我用炭畫素描畫了一幅小像，作我五十歲的紀念，這幅畫至今保存，掛在舊苦雨齋的西牆上，我在燕大教書十年，得到這一幅畫作紀念，這實在是十分可喜的事情了。

東昌坊故事

余家世居紹興府城內東昌坊口，其地素不著名，唯據山陰呂善報著《六紅詩話》，卷三錄有張宗子〈快園道古〉九則，其一云：

蘇州太守林五磊素不孝，封公至署半月即勒歸，予金二十，命悍僕押其抵家，臨行乞三白酒數色亦不得，半途以氣死。時越城東昌坊有貧子薛五者，至孝，其父於冬日每早必赴混堂沐浴，薛五必攜熱酒三合禦寒，以二雞蛋下酒。袁山人雪堂作詩云：三合陳酹敵早寒，一雙雞子白團團，可憐蘇郡林知府，不及東昌薛五官。

又《毛西河文集》中題羅坤所藏呂潛山水冊子，起首云：

壬子秋遇羅坤蔣侯祠下，屈指揖別東昌坊五年矣。

關於東昌坊的典故，在明末清初找到了兩個，也很可以滿意了。東昌坊口是一條東西街，南北兩面都是房屋，路南的屋後是河，西首架橋曰都亭橋，東則曰張馬橋，大抵東昌坊的區域便在此二橋之間。張馬橋之南曰張馬衖，亦云綢緞衖，北則是丁字路，迤東有廣思堂王宅，其地即土名廣思堂，不知其屬於東昌坊或覆盆橋也。都亭橋之南日都亭橋下，稍前即是讓檐街，橋北為十字路，東昌坊口之名蓋從此出，往西為秋官第，往北則塔子橋，狙擊琶八之唐將軍廟及墓皆在此地。我於光緒辛丑往南京以前，有十四五年在那裡住過，後來想起來還有好些事情不能忘記，可以記述一點下來。從老家到東昌坊口大約隔著十幾家門面，這條路上的石板高低大小，下雨時候的水汪，差不多都還可想像，現在且只說十字路口的幾家店鋪吧。東南角的德興酒店是老鋪，其次是路北的水果攤與麻花攤，至於西南角的泰山堂藥店乃是以風水卜卦起家，綽號矮癩胡的申屠泉所開，算是暴發戶，不大有名望了。關於德興酒店，我的記憶最為深遠。我從小時候就記得我家與德興做帳，每逢忌日祭祀，常看見用人拿了經摺子和酒壺去取摻水的酒來，隨後到了年節再酌量付還。我還記得有一回，大概是七八歲的時候，獨自一人走到德興去，在後邊雅座裡找著先君正和一位遠房堂伯在喝老酒。他們稱讚我能幹，分下酒的雞肫豆給我吃，那時的長方板桌與長凳，高腳的淺酒碗，裝下酒鹽豆等的黃沙粗碟，我都記的很清楚，雖然這些東西一時別無變化，後來也仍時常看見。連帶的使我不能忘記的是酒店所有的各種過酒胚，下酒的小吃，固然這不一定是德興所做的最好，不過那裡自然具備，我們的經驗也是從那裡得來的。雞肫豆與茴香豆都是其中重要的一種。七年前在〈記鹽豆〉的小文中曾說：

小時候在故鄉酒店常以一文錢買一包雞肫豆，用細草紙包作纖足狀，內有豆可二三十粒，乃是黃豆鹽煮漉乾，軟硬得中，自有風味。

為什麼叫做雞肫的呢？其理由不明了，大約為的是嚼著有點軟帶硬，彷彿像雞肫似的吧。茴香豆是用蠶豆，越中稱作羅漢豆所製，只是乾煮加香料，大茴香或是桂皮，也是一文錢起碼，亦可以說是為限，因為這種豆不曾聽說買上若干文，總是一文一把抓，夥計即酒店官他很有經驗，一手抓去數量都差不多，也就擺作一碟，雖然要幾碟或幾把自然也是自由。此外現成的炒洋花生，豆腐乾，鹹豆豉等大略具備，但是說也奇怪，這裡沒有葷腥味，連皮蛋也沒有，不要說魚乾鳥肉了。本來這是賣酒附帶喝酒，與飯館不同，是很平民的所在，並不預備闊客的降臨，所以只有簡單的食品，和樸陋的設備正相稱。上邊所說這些豆類都似乎是零食，在供給酒客之外，一部分還是小孩們光顧買去，此外還有一兩種則是小菜類的東西，人家買去可以作臨時的下飯，也是很便利的事。其一名稱未詳，只是在陶鉢內鹽水煮長條油豆腐，彷彿是一文錢一個，臨買時裝在碗裡，上面加上些紅辣茄醬。這製法似乎別無巧妙，不知怎的自己煮來總不一樣，想吃時還須得拿了碗到櫃上去買。其二名曰時蘿蔔，以蘿蔔帶皮切長條，用鹽略醃，再以紅霉豆腐鹵漬之，隨時取食。此皆是極平常的食物，然在素樸之中自有真味，而皆出自酒店店頭，或亦可見酒人之真能知味也。

東北角的水果攤其實也是一間店面，西南兩面開放，白天撤去排門，臺上擺著些水果，似攤而有屋，似店而無招牌店號，主人名連生，所以大家並其人與店稱之曰水果連生云。平常是主婦看店，水果連生則挑了一擔水果，除沿街叫賣外，按時上各主顧家去銷售。這擔總有百十來斤重，挑起來很費氣力，所以他這行業是商而兼工的，有些主顧看見他把這一副沉重的擔子挑到內堂前，覺得不大好意思讓他原擔挑了出去，所以多少總要買他一點，無論是楊梅或是桃子。東昌坊距離大街很遠，就是大雲橋也不很近，臨時想買點東西只好上水果連生那裡去，其價錢較貴也可以說是無怪的。小時候認識一個南街的小破腳骨，自稱姜太公之後，他曾說水果連生所賣的水果是仙丹，所以那麼貴，又一轉而稱店主人曰華佗，因為仙丹當然只有華佗那裡發售。都亭橋下又有一家沒有招牌的店，出賣葷粥，後來改賣餛飩和麵，店更繁昌起來了。主人姓張，曾租住我家西邊餘屋，開棺材店多年，我的曾祖母是很嚴格的人，可是沒有一點忌諱，真很可佩服。我還記得牆上黑字寫著張永興字號，龍游壽枋等語。這張老闆一面做著壽材，一面在住家製葷粥出售。葷粥一名肉骨頭粥，系從豬肉店買骨頭來煮粥，食時加蔥花小蝦米及醬油，每碗才幾文錢，價廉而味美，是平民的好食品，雖然紳士們不大肯屈尊光顧。我們和姜君常常去吃，有一天已經吃下大半碗去了的時候，姜君忽然正色問道，你們沒有放下什麼毒藥麼？這一句話問的張老闆的兒子媳婦啞口無言，不知道怎麼回答才好，姜君乃徐徐說道，我怕你們兜攬那面的生意呢。店裡的人只好苦笑，這其實也是真的，假如感覺敏捷一點的人想到店主人的本業，心裡難免有這種疑問，不過不好說出來罷了。這葷粥的味道至今未能忘記，雖然這期間已經有了四十多年的間隔，上月收到長女的乳母訴苦的信，說米價每升已至三四千元，葷粥這種奢侈食品，想必早已沒有了吧。因為這樣的緣故，把多少年前的地方和情狀記錄一點下來，或者也不是全無意思的事。

蘇州的回憶

說是回憶，彷彿是與蘇州有很深的關係，至少也總住過十年以上的樣子，可是事實上卻並不然。民國七八年間坐火車走過蘇州，共有四次，都不曾下車，所看見的只是車站內的情形而已。去年四月因事往南京，始得順便至蘇州一遊，也只有兩天的停留，沒有走到多少地方，所以見聞很是有限。當時江蘇日報社有郭夢鷗先生以外幾位陪著我們走，在那兩天的報上隨時都有很好的報導，後來郭先生又有一篇文章，登在第三期的《風雨談》上，此外實在覺得更沒有什麼可以紀錄的了。但是，從北京遠迢迢地往蘇州走一趟，現在也不是容易事，其時又承本地各位先生懇切招待，別轉頭來走開之後，再不打一聲招呼，似乎也有點對不起。現在事已隔年，印象與感想都漸就著落，雖然比較地簡單化了，卻也可以稍得要領，記一點出來，聊以表示對於蘇州的恭敬之意，至於旅人的話，謬誤難免，這是要請大家見恕的了。

我旅行過的地方很少，有些只根據書上的圖像，總之我看見各地方的市街與房屋，常引起一個聯想，覺得東方的世界是整個的。譬如中國，日本，朝鮮，琉球，各地方的家屋，單就照片上看也罷，便會確鑿地感到這裡是整個的東亞。我們再看烏魯木齊，寧古塔，昆明各地方，又同樣的感覺這裡的中國也是整個的。可是在這整個之中別有其微妙的變化與推移，看起來亦是很有趣味的事。以前我從北京回紹興去，浦口下車渡過長江，就的確覺得已經到了南邊，及車抵蘇州站，看見月臺上車廂裡的人物聲色，便又彷彿已入故鄉境內，雖然實在還有五六百里的距離。現在通稱江浙，有如古時所謂吳越或吳會，本來就是一家，杜荀鶴有幾首詩說得很好，其一〈送人遊吳〉云：

君到姑蘇見，人家盡枕河。古宮閒地少，水港小橋多。夜市賣菱藕，春船載綺羅。遙知未眠月，鄉思在漁歌。

又一首〈送友遊吳越〉云：

去越從吳過，吳疆與越連。有園多種橘，無水不生蓮。夜市橋邊火，春風寺外船。此中偏重客，君去必經年。

詩固然做的好，所寫事情也正確實，能寫出兩地相同的情景。我到蘇州第一感覺的也是這一點，其實即是證實我原有的漠然的印象罷了。我們下車後，就被招待遊靈岩去，先到木瀆在石家飯店吃過中飯。從車站到靈岩，第二天又出城到虎丘，這都是路上風景好，比目的地還有意思，正與遊蘭亭的人是同一經驗。我特別感覺有趣味的，乃是在木瀆下了汽車，走過兩條街往石家飯店去時，看見那裡的小河，小船，石橋，兩岸枕河的人家，覺得和紹興一樣，這是江南的尋常景色，在我江東的人看了也同樣的親近，恍如身在故鄉了。又在小街上見到一爿糕店，這在家鄉極是平常，但北方絕無這些糕類，好些年前曾在〈賣糖〉這一篇小文中附帶說及，很表現出一種鄉愁來，現在卻忽然遇見，怎能不感到喜悅呢。只可惜匆匆走過，未及細看這櫃臺上蒸籠裡所放著的是什麼糕點，自然更不能夠買了來嘗了。不過就只是這樣看一眼走過了，也已很是愉快，後來不久在城裡幾處地方，雖然不是這店裡所做，好的糕餅也吃到好些，可以算是滿意了。

第二天往馬醫科巷，據說這地名本來是螞蟻窠巷，後來轉訛，並不真是有過馬醫牛醫住在那裡，去拜訪俞曲園先生的春在堂。南方式的廳堂結構原與北方不同，我在曲園前面的堂屋裡徘徊良久之後，再往南去看俞先生著書的兩間小屋，那時所見這些過廊，側門，天井種種，都恍忽是曾經見過似的，又流連了一會兒。我對同行的友人說，平伯有這樣好的老屋在此，何必留滯北方，我回去應當勸他南歸才對。說的雖是半玩半笑的話，我的意思卻是完全誠實的，只是沒有為平伯打算罷了，那所大房子就是不加修理，只說點燈，裝電燈固然了不得，石油沒有，植物油又太貴，都無辦法，故即欲為點一盞讀書燈計，亦自只好仍舊蟄居於北京之古槐書屋矣。我又去拜謁章太炎先生墓，這是在錦帆路章宅的後園裡，情形如郭先生文中所記，茲不重述。章宅現由省政府宣傳處明處長借住，我們進去稍坐，是一座洋式的樓房，後邊講學的地方云為外國人所占用，尚未能收回，因此我們也不能進去一看，殊屬遺憾。俞章兩先生是清末民初的國學大師，卻都別有一種特色，俞先生以經師而留心輕文學，為新文學運動之先河，章先生以儒家而兼治佛學，倡導革命，又承先啟後，對於中國之學術與政治的改革至有影響，但是在晚年卻又不約而同的定住蘇州，這可以說是非偶然的偶然，我覺得這裡很有意義，也很有意思。俞章兩先生是浙西人，對於吳地很有情分，也可以算是一小部分的理由，但其重要的原因還當別有所在。由我看去，南京，上海，杭州，均各有其價值與歷史，唯若欲求多有文化的空氣與環境者，大約無過蘇州了吧。兩先生的意思或者看重這一點，也未可定。現在南京有中央大學，杭州也有浙江大學了，我以為在蘇州應當有一個江蘇大學，順應其環境與空氣，特別向人文科學方面發展，完成兩先生之弘業大願，為東南文化確立其根基，此亦正是喪亂中之一切要事也。

在蘇州的兩個早晨過得很好，都有好東西吃，雖然這說的似乎有點俗，但是事實如此，而且談起蘇州，假如不講到這一點，我想終不免是一個罅漏。若問好東西是什麼，其實我是鄉下粗人，只知道是糕餅點心，到口便吞，並不曾細問種種的名號。我只記得亂吃得很不少，當初《江蘇日報》或是郭先生的大文裡彷彿有著記錄。我常這樣想，一國的歷史與文化傳得久遠了，在生活上總會留下一點痕跡，或是華麗，或是清淡，卻無不是精煉的，這並不想要誇耀什麼，卻是自然應有的表現。我初來北京的時候，因為沒有什麼好點心，曾經發過牢騷，並非真是這樣貪吃，實在也只為覺得他太寒傖，枉做了五百年首都，連一些細點心都做不出，未免丟人罷了。我們第一早晨在吳苑，次日在新亞，所吃的點心都很好，是我在北京所不曾見過的，後來又托朋友在采芝齋買些乾點心，預備帶回去給小孩輩吃，物事不必珍貴，但也很是精煉的，這儘夠使我滿意而且佩服，即此亦可見蘇州生活文化之一斑了。這裡我特別感覺有趣味的，乃是吳苑茶社所見的情形。茶食精潔，佈置簡易，沒有洋派氣味，固已很好，而喫茶的人那麼多，有的像是祖母老太太，帶領家人婦子，圍著方桌，悠悠的享用，看了很有意思。性急的人要說，在戰時這種態度行麼？我想，此刻現在，這裡的人這麼做是並沒有什麼錯的。大抵中國人多受孟子思想的影響，他的態度不會得一時急變，若是因戰時而麵粉白糖漸漸不見了，被迫得沒有點心吃，出於被動的事那是可能的。總之在蘇州，至少是那時候，見了物資充裕，生活安適，由我們看慣了北方困窮的情形的人看去，實在是值得稱讚與羨慕。我在蘇州感覺得不很適意的也有一件事，這便是住處。據說蘇州旅館絕不容易找，我們承公家的斡旋得能在樂鄉飯店住下，已經大可感謝了，可是老實說，實在不大高明。設備如何都沒有關係，就只苦於太熱鬧，那時我聽見打牌聲，幸而並不在貼夾壁，更幸而沒有拉胡琴唱曲的，否則次日往虎丘去時馬車也將坐不穩了。就是像滄浪亭的舊房子也好，打掃幾間，讓不愛熱鬧的人可以借住，一面也省得去占忙的房間，妨礙人家的娛樂，倒正是一舉兩得的事吧。

在蘇州只住了兩天，離開蘇州已將一年了，但是有些事情還清楚的記得，現在寫出來幾項以為紀念，希望將來還有機緣再去，或者長住些時光，對於吳語文學的發源地更加以觀察與認識也。

閒適是外表，真正的是苦味

山中雜信

一

伏園兄：

我已於本月初退院，搬到山裡來了。香山不很高大，彷彿只是故鄉城內的臥龍山模樣，但在北京近郊，已經要算是很好的山了。碧雲寺在山腹上，地位頗好，只是我還不曾到外邊去看過，因為須等醫生再來診察一次之後，才能決定可以怎樣行動，而且又是連日下雨，連院子裡都不能行走，終日只是起臥屋內罷了。大雨接連下了兩天，天氣也就頗冷了。般若堂裡住著幾個和尚們，買了許多香椿乾，攤在蘆席上晾著，這兩天的雨不但使他不能乾燥，反使他更加潮溼。每從玻璃窗望去，看見廊下攤著溼漉漉的深綠的香椿乾，總覺得對於這班和尚們心裡很是抱歉似的 —— 雖然下雨並不是我的緣故。

般若堂裡早晚都有和尚做功課，但我覺得並不煩擾，而且於我似乎還有一種清醒的力量。清早和黃昏時候的清澈的磬聲，彷彿催促我們無所信仰，無所歸依的人，揀定一條道路精進向前。我近來的思想動搖與混亂，可謂已至其極了，托爾斯泰的無我愛與尼采的超人，共產主義與善種學，耶佛孔老的教訓與科學的例證，我都一樣的喜歡尊重，卻又不能調和統一起來，造成一條可以行的大路。我只將這各種思想，凌亂的堆在頭裡，真是鄉間的雜貨一料店了。 —— 或者世間本來沒有思想上的「國道」，也未可知，這件事我常常想到，如今聽他們做功課，更使我受了激刺，同他們比較起來，好像上海許多有國籍的西商中間，夾著一個「無領事管束」的西人。至於無領事管束，究竟是好是壞，我還想不明白。不知你以為何如？

寺內的空氣並不比外間更為和平。我來的前一天，般若堂裡的一個和尚，被方丈差人抓去，說他偷寺內的法物，先打了一頓，然後捆送到城內什麼衙門去了。究竟偷東西沒有，是別一個問題，但是吊打恐總非佛家所宜。大約現在佛徒的戒律，也同「儒業」的三綱五常一樣，早已成為具文了。自己即使犯了永為棄物的波羅夷罪，並無妨礙，只要有權力，便可以處置別人，正如護持名教的人卻打他的老父，世間也一點都不以為奇。我們廚房的間壁，住著兩個賣汽水的人，也時常吵架。掌櫃的回家去了，只剩了兩個少年的夥計，連日又下雨，不能出去擺攤，所以更容易爭鬧起來。前天晚上，他們都不願意燒飯，互相推諉，始而相罵，終於各執灶上用的鐵通條，打仗兩次。我聽他們叱吒的聲音，令我想起《三國志》及《劫後英雄略》等書裡所記的英雄戰鬥或比武時的威勢，可是後來戰罷，他們兩個人一點都不受傷，更是不可思議了。從這兩件事看來，你大略可以知道這山上的戰氛罷。

因為病在右肋，執筆不大方便，這封信也是分四次寫成的。以後再談罷。

一九二一，六月五日。

二

近日天氣漸熱，到山裡來住的人也漸多了。對面的那三間屋，已於前日租去，大約日內就有人搬來。般若堂兩旁的廂房，本是「十方堂」，這塊大木牌還掛在我的門口。但現在都已租給人住，以後有遊方僧來，除了請到羅漢堂去打坐以外，沒有別的地方可以掛單了。

三四天前大殿裡的小菩薩，失少了兩尊，方丈說是看守大殿的和尚偷賣給遊客了，於是又將他捆起來，打了一頓，但是這回不曾送官，因為次晨我又聽見他在後堂敲那大木魚了。（前回被捉去的和尚，已經出來，搬到別的寺裡去了。）當時我正翻閱《諸經要集》六度部的忍辱篇，道世大師在述意緣內說道，「……豈容微有觸惱，大生嗔恨，乃至角眼相看，惡聲厲色，遂加杖木，結恨成怨」，看了不禁苦笑。或者叢林的規矩，方丈本來可以用什麼板子打人，但我總覺得有點矛盾。而且如果真照規矩辦起來，恐怕應該挨打的卻還不是這個所謂偷賣小菩薩的和尚呢。

山中蒼蠅之多，真是「出人意表之外」。每到下午，在窗外群飛，嗡嗡作聲，彷彿是蜜蜂的排衙。我雖然將風門上糊了冷布，緊緊關閉，但是每一出入，總有幾個混進屋裡來。各處桌上攤著蒼蠅紙，另外又用了棕絲製的蠅拍追著打，還是不能絕滅。英國詩人勃來克有〈蒼蠅〉一詩，將蠅來與無常的人生相比；日本小林一茶的俳句道，「不要打哪！那蒼蠅搓他的手，搓他的腳呢。」我平常都很是愛念，但在實際上卻不能這樣的寬大了。一茶又有一句俳句，序云：

> 捉到一個虱子，將他掐死固然可憐，要把他捨在門外，讓他絕食，也覺得不忍；忽然的想到我佛從前給與鬼子母的東西，成此。
>
> 虱子呵，放在和我味道一樣的石榴上爬著。

《四分律》云：「時有老比丘拾虱棄地，佛言不應，聽以器盛若綿拾著中。若虱走出，應作筒盛；若虱出筒，應作蓋塞。隨其寒暑，加以膩食將養之。」一茶是誠信的佛教徒，所以也如此做，不過用石榴餵他卻更妙了。這種殊勝的思想，我也很以為美，但我的心底里有一種矛盾，一面承認蒼蠅是與我同具生命的眾生之一，但一面又總當他是腳上帶著許多有害的細菌，在頭上面上爬的癢癢的，一種可惡的小蟲，心想除滅他。這個情與知的衝突，實在是無法調和，因為我篤信「賽老先生」的話，但也不想拿了他的解剖刀去破壞詩人的美的世界，所以在這一點上，大約只好甘心且做蝙蝠派罷了。

對於時事的感想，非常紛亂，真是無從說起，倒還不如不說也罷。

六月二十三日。

三

我在第一信裡，說寺內戰氛很盛，但是現在情形卻又變了。賣汽水的一個戰士，已經下山去了。這個緣因，說來很長。前兩回禮拜日遊客很多，汽水賣了十多塊錢一天，方丈知道了，便叫他們從形勢最好的那「水泉」旁邊撤退，讓他自己來賣。他們只準在荒涼的塔院下及門口去擺攤，生意便很清淡，掌櫃的於是實行減政，只留下了一個人做幫手——這個夥計本是做墨盒的，掌櫃自己是泥水匠。這主從兩人雖然也有時爭論，但不至於開起仗來了。方丈似乎頗喜歡吊打他屬下的和尚，不過他的法庭離我這裡很遠，所以並未直接受到影響。此外偶然和尚們喝醉了高粱，高聲抗辯，或者為了金錢勝負稍有糾葛，都是隨即平靜，算不得什麼大事。因此般若堂裡的空氣，近來很是長閒逸豫，令人平矜釋躁。這個情形可以意會，不易言傳，我如今舉出一件瑣事來做個象徵，你或者可以知其大略。我們院子裡，有一群雞，共五六隻，其中公的也有，母的也有。這是和尚們共同養的呢，還是一個人的私產，我都不知道。他們白天裡躲在紫藤花底下，晚間被盛入一隻小口大腹，像是裝香油用的藤簍裡面。這簍子似乎是沒有蓋的，我每天總看見他在柏樹下仰天張著口放著。夜裡酉戌之交，和尚們擂鼓既罷，各去休息，簍裡的雞便怪聲怪氣的叫起來。於是禪房裡和尚們的「唆，唆——」之聲，相繼而作。這樣以後，簍裡與禪房裡便復寂然，直到天明，更沒有什麼驚動。問是什麼事呢？答說有黃鼠狼來咬雞。其實這小口大腹的簍子裡，黃鼠狼是不會進去的，倘若掉了下去，他就再逃也出不來了。大約他總是未能忘情，所以常來窺探，不過聊以快意罷了。倘若簍子上加上一個蓋，——雖然如上文所說，即使無蓋，本來也很安全，——也便可以省得他的窺探。但和尚們永遠不加蓋，黃鼠狼也便永遠要來窺探，以致「三日兩頭」的引起夜中簍裡與禪房裡的驅逐。這便是我所說的長閒逸豫的所在。我希望這一節故事，或者能夠比那四個抽象的字說明的更多一點。

但是我在這裡不能一樣的長閒逸豫，在一日裡總有一個陰鬱的時候，這便是下午清華園的郵差送報來後的半點鐘。我的神經衰弱，易於激動，病後更甚，對於略略重大的問題，稍加思索，便很煩躁起來，幾乎是發熱狀態，因此平常十分留心免避。但每天的報裡，總是充滿著不愉快的事情，見了不免要起煩惱。或者說，既然如此，不看豈不好麼？但我又捨不得不看，好像身上有傷的人，明知觸著是很痛的，但有時仍是不自禁的要用手去摸，感到新的劇痛，保留他受傷的意識。但苦痛究竟是苦痛，所以也就趕緊丟開，去尋求別的慰解。我此時放下報紙，努力將我的思想遣發到平常所走的舊路上去，——回想近今所看書上的大乘菩薩布施忍辱等六度難行，淨土及地獄的意義，或者去搜求遊客及和尚們（特別注意於方丈）的軼事。我也不願再說不愉快的事，下次還不如仍同你講他們的事情罷。

六月二十九日。

四

近日因為神經不好，夜間睡眠不足，精神很是頹唐，所以好久沒有寫信，也不曾做詩了。詩思固然不來，日前到大殿後看了御碑亭，更使我詩興大減。碑亭之北有兩塊石碑，四面都刻著乾隆御製的律詩和絕句。這些詩雖然很講究的刻在石上，壁上還有憲兵某君的題詞，讚歎他說，「天命乃有移，英風殊難泯！」但我看了不知怎的聯想到那塾師給冷於冰看的草稿，將我的創作熱減退到近於零度。我以前病中忽發野心，想做兩篇小說，一篇叫〈平凡的人〉，一篇叫〈初戀〉；幸而到了現在還不曾動手。不然，豈不將使〈饃饃賦〉不但無獨而且有偶麼？

我前回答應告訴你遊客的故事，但是現在也未能踐約，因為他們都從正門出入，很少到般若堂裡來的。我看見從我窗外走過的遊客，一總不過十多人。他們卻有一種公共的特色，似乎都對於植物的年齡頗有趣味。他們大抵問和尚或別人道，「這藤蘿有多少年了？」答說，「這說不上來。」便又問，「這柏樹呢？」至於答案，自然仍舊是「說不上來」了。或者不問柏樹的，也要問槐樹，其餘核桃石榴等小樹，就少有人注意了。我常覺得奇異，他們既然如此熱心，寺裡的人何妨就替各棵老樹胡亂定出一個年歲，叫和尚們照樣對答，或者寫在大木板上，掛在樹下，豈不一舉兩得麼？

遊客中偶然有提著鳥籠的，我看了最不喜歡。我平常有一種偏見，以為作不必要的惡事的人，比為生活所迫，不得已而作惡者更為可惡；所以我憎惡蓄妾的男子，比那賣女為妾——因貧窮而吃人肉的父母，要加幾倍。對於提鳥籠的人的反感，也是出於同一的源流。如要吃肉，便吃罷了（其實飛鳥的肉，於養生上也並非必要）；如要賞鑒，在他自由飛鳴的時候，可以盡量的看或聽；何必關在籠裡，擎著走呢？我以為這同喜歡纏足一樣的是痛苦的賞玩，是一種變態的殘忍的心理。賢首於《梵網戒疏》盜戒下注云，「善見云，盜空中鳥，左翅至右翅，尾至頭，上下亦爾，俱得重罪。準此戒，縱無主，鳥身自為主，盜皆重也。」鳥身自為主，——這句話的精神何等博大深厚，然而又豈是那些提鳥籠的朋友所能了解的呢？

《梵網經》裡還有幾句話，我覺得也都很好。如云，「若佛子，故食肉，——一切肉不得食。——斷大慈悲性種子，一切眾生見而捨去。」又云，「一切男子是我父，一切女人是我母，我生生無不從之受生，故六道眾生皆我父母。而殺而食者，即殺我父母，亦殺我故身：一切地水，是我先身；一切火風，是我本體。……」我們現在雖然不能再相信六道輪迴之說，然而對於這普親觀平等觀的思想，仍然覺得他是真而且美。英國勃來克的詩，

被獵的兔的每一聲叫，
撕掉腦裡的一枝神經；
雲雀被傷在翅膀上，
一個天使止住了歌唱。

這也是表示同一的思想。我們為自己養生計，或者不得不殺生，但是大慈悲性種子也不可不保存，所以無用的殺生與快意的殺生，都應該免避的。譬如吃醉蝦，這也罷了；但是有人並不貪他的鮮味，只為能夠將半活的蝦夾住，直往嘴裡送，心裡想道「我吃你！」覺得很快活。這是在那裡嘗得勝快心的滋味，並非真是吃食了。《晨報》雜感欄裡曾登過松年先生的一篇〈愛〉，我很以他所說的為然。但是愛物也與仁人很有關係，倘若斷了大慈悲性種子，如那樣吃醉蝦的人，於愛人的事也恐怕不大能夠圓滿的了。

七月十四日。

五

近日天氣很熱，屋裡下午的氣溫在九十度以上。所以一到晚間，般若堂裡在院子裡睡覺的人，總有三四人之多。他們的睡法很是奇妙，因為蚊子白蛉要來咬，於是便用棉被沒頭沒腦的蓋住。這樣一來，固然再也不怕蚊子們的勒索，但是露天睡覺的原意也完全失掉了。要說是涼快，卻蒙著棉被；要說是通氣，卻將頭直鑽到被底下去。那麼同在熱而氣悶的屋裡睡覺，還有什麼區別呢？有一位方丈的徒弟，睡在籐椅上，掛了一頂洋布的帳子，我以為是防蚊用的了，豈知四面都是懸空，蚊子們如能飛近地面一二尺，仍舊是可以進去的，他的帳子只能擋住從上邊掉下來的蚊子罷了。這些奧妙的辦法，似乎很有一種禪味，只是我了解不來。

我的行蹤，近來已經推廣到東邊的「水泉」。這地方確是還好，我於每天清早，沒有遊客的時候，去徜徉一會，賞鑒那山水之美。只可惜不大乾淨，路上很多氣味，——因為陳列著許多《本草》上的所謂人中黃！我想中國真是一個奇妙的國，在那裡人們不容易得到營養料，也沒有方法處置他們的排泄物。我想像軒轅太祖初入關的時候，大約也是這樣情形。但現在已經過了四千年之久了。難道這個情形真已支持了四千年，一點不曾改麼？

水泉西面的石階上，是天然療養院附屬的所謂洋廚房。門外生著一棵白楊樹，樹幹很粗，大約直徑有六七寸，白皮斑駁，很是好看。他的葉在沒有什麼大風的時候，也瑟瑟的響，彷彿是有魔術似的。古詩說，「白楊多悲風，蕭蕭愁殺人」，非看見過白楊樹的人，不大能了解他的趣味。歐洲傳說云，耶穌釘死在白楊木的十字架上，所以這樹以後便永遠顫抖著。……我正對著白楊起種種的空想，有一個七八歲的小西洋人跟著寧波的老媽子走進洋廚房來。那老媽子同廚子講著話的時候，忽然來了兩個小廣東人，各舉起一隻手來，接連的打小西洋人的嘴巴。他的兩個小頰，立刻被批的通紅了，但他卻守著不抵抗主義，任憑他們打去。我的用人看不過意，把他們隔開兩回，但那兩位攘夷的勇士又衝過去，尋著要打嘴巴。被打的人雖然忍受下去了，但他們把我剛才的浪漫思想也批到不知去向，使我切膚的感到現實的痛。——至於這兩個小愛國者的行為，若由我批評，不免要有過激的話，所以我也不再說了。

我每天傍晚到碑亭下去散步，順便恭讀乾隆的御製詩；碑上共有十首，我至少總要讀他兩首。讀之既久，便發生種種感想，其一是覺得語體詩發生的不得已與必要。御製詩中有這幾句，如「香山適才遊白社，越嶺便以至碧雲」，又「玉泉十丈瀑，誰識此其源」，似乎都不大高明。但這實在是舊詩的難做，怪不得皇帝。對偶呀，平仄呀，押韻呀，拘束得非常之嚴，所以便是奉天承運的真龍也掙扎他不過，只落得留下多少打油的痕跡在石頭上面。倘若他生在此刻，拋了七絕五律不做，去做較為自由的新體詩，即使做的不好，也總不至於被人認為「哥罐聞焉嫂棒傷」的藍本罷。但我寫到這裡，忽然想到《大江集》等幾種名著，又覺得我所說的也未必盡然。大約用文言做「哥罐」的，用白話做來仍是「哥罐」，——於是我又想起一種疑問，這便是語體詩的「萬應」的問題了。

七月十七日。

六

好久不寫信了。這個原因，一半因為你的出京，一半因為我的無話可說。我的思想實在混亂極了，對於許多問題都要思索，卻又一樣的沒有歸結，因此覺得要說的話雖多，但不知道怎樣說才好。現在決心放任，並不硬去統一，姑且看書消遣，這倒也還罷了。

上月裡我到香山去了兩趟，都是坐了四人轎去的。我們在家鄉的時候，知道四人轎是只有知縣坐的，現在自己卻坐了兩回，也是「出於意表之外」的。我一個人叫他們四位扛著，似乎很有點抱歉，而且每人只能分到兩角多錢，在他們實在也不經濟；不知道為什麼不減作兩人呢？那轎槓是杉木的，走起來非常顛播。大約坐這轎的總非有候補道的那樣身材，是不大合宜的。我所去的地方是甘露旅館，因為有兩個朋友耽閣在那裡，其餘各處都不曾去。什麼的一處名勝，聽說是督辦夫人住著，不能去了。我說這是什麼督辦，參戰和邊防的督辦不是都取消了麼。答說是水災督辦。我記得四五年前天津一帶確曾有過一回水災，現在當然已經乾了，而且連旱災都已鬧過了（雖然不在天津）。朋友說，中國的水災是不會了的。黃河不是決口了麼。這話的確不錯，水災督辦誠然有存在的必要，而且照中國的情形看來，恐怕還非加入官制裡去不可呢。

我在甘露旅館買了一本《萬松野人言善錄》，這本書出了已經好幾年，在我卻是初次看見。我老實說，對於英先生的議論未能完全贊同，但因此引起我陳年的感慨，覺得要一新中國的人心，基督教實在是很適宜的。極少數的人能夠以科學藝術或社會的運動去替代他宗教的要求，但在大多數是不可能的。我想最好便以能容受科學的一神教把中國現在的野蠻殘忍的多神——其實是拜物——教打倒，民智的發達才有點希望。不過有兩大條件，要緊緊的守住：其一是這新宗教的神切不可與舊的神的觀念去同化，以致變成一個西裝的玉皇大帝；其二是切不可造成教閥，去妨害自由思想的發達。這第一第二的覆轍，在西洋歷史上實例已經很多，所以非竭力免去不可。——但是，我們昏亂的國民久伏在迷信的黑暗裡，既然受不住智慧之光的照耀，肯受這新宗教的灌頂麼？不為傳統所囚的大公無私的新宗教家，國內有幾人呢？仔細想來，我的理想或者也只是空想；將來主宰國民的心的，仍舊還是那一班的鬼神妖怪罷！

我的行蹤既然推廣到了寺外，寺內各處也都已走到，只剩那可以聽松濤的有名的塔上不曾去。但是我平常散步，總只在御詩碑的左近或是彌勒佛前面的路上。這一段泥路來回可一百步，一面走著，一面聽著階下龍嘴裡的潺湲的水聲（這就是御製詩裡的「清波繞砌湲」），倒也很有興趣。不過這清波有時要不「湲」，其時很是令人掃興，因為後面有人把他截住了。這是誰做主的，我都不知道，大約總是有什麼金魚池的闊人們罷。他們要放水到池裡去，便是汲水的人也只好等著，或是勞駕往水泉去，何況想聽水聲的呢！靠著這清波的一個朱門裡，大約也是闊人，因為我看見他們搬來的前兩天，有許多窮朋友頭上頂了許多大安樂椅小安樂椅進去。以前一個繪畫的西洋人住著的時候，並沒有什麼門禁，東北角的牆也坍了，我常常去到那裡望對面的山景和在溪灘積水中洗衣的女人們。現在可是截然的不同了，倒牆從新築起，將真山關出門外，卻在裡面叫人堆上許多石頭（抬這些石頭的人們，足足有三天，在我的窗前絡繹的走過），叫做假山，一面又在彌勒佛左手的路上築起一堵泥牆，於是我真山固然望不見，便是假山也輪不到看。那些闊人們似乎以為四周非有牆包圍著是不能住人的。我遠望香山上迤邐的圍牆，又想起秦始皇的萬里長城，覺得我所推測的話並不是全無根據的。

還有別的見聞，我曾做了兩篇〈西山小品〉，其一曰〈一個鄉民的死〉，其二曰〈賣汽水的人〉，將他記在裡面。但是那兩篇是給日本的朋友們所辦的一個雜誌作的，現在雖有原稿留下，須等我自己把它譯出方可發表。

九月三日，在西山。

濟南道中

伏園兄，你應該還記得「夜航船」的趣味罷？這個趣味裡的確包含有些不很優雅的非趣味，但如一切過去的記憶一樣，我們所記住的大抵只是一些經過時間熔化變了形的東西，所以想起來還是很好的趣味。我平素由紹興往杭州總從城裡動身（這是二十年前的話了），有一回同幾個朋友從鄉間趁船，這九十里的一站路足足走了半天一夜；下午開船，傍晚才到西郭門外，於是停泊，大家上岸吃酒飯。這很有牧歌的趣味，值得田園畫家的描寫。第二天早晨到了西興，埠頭的飯店主人很殷勤地留客，點頭說「吃了飯去」，進去坐在裡面（斯文人當然不在櫃臺邊和「短衣幫」並排著坐）破板桌邊，便端出烤蝦小炒醃鴨蛋等「家常便飯」來，也有一種特別的風味。可惜我好久好久不曾吃了。

今天我坐在特別快車內從北京往濟南去，不禁忽然的想起舊事來。火車裡吃的是大菜，車站上的小販又都關出在木柵欄外，不容易買到土俗品來吃。先前卻不是如此，一九〇六年我們乘京漢車往北京應練兵處（那時的大臣是水竹村人）的考試的時候，還在車窗口買到許多東西亂吃，如一個銅子一隻的大雅梨，十五個銅子一隻的燒雞之類；後來在什麼站買到兔肉，同學有人說這實在是貓，大家便覺得噁心不能再吃，都摔到窗外去了。在日本旅行，於新式的整齊清潔之中（現在對於日本的事只好「清描淡寫」地說一句半句，不然恐要蹈鄧先生的覆轍），卻仍保存著舊日的長閒的風趣。我在東海道中買過一箱「日本第一的吉備糰子」，雖然不能證明是桃太郎的遺制，口味卻真不壞，可惜都被小孩們分吃，我只嘗到一兩顆，而且又小得可恨。還有平常的「便當」，在形式內容上也總是美術的，味道也好，雖在吃慣肥魚大肉的大人先生們自然有點不配胃口。「文明」一點的有「冰淇淋」，裝在一隻麥粉做的杯子裡，末了也一同嚥下去。——我坐在這鐵甲快車內，肚子有點餓了，頗想吃一點小食，如孟代故事中王子所吃的，然而現在實屬沒有法子，只好往餐堂車中去吃洋飯。

我並不是不要吃大菜的。但雖然要吃，若在強迫的非吃不可的時候，也會令人不高興起來。還有一層，在中國旅行的洋人的確太無禮儀，即使並無什麼暴行，也總是放肆討厭的。即如在我這一間房裡的一個怡和洋行的老闆，帶了一隻小狗，說是在天津花了四十塊錢買來的；他一上車就高臥不起，讓小狗在房內撒尿，忙得車侍三次拿布來擦地板，又不餵飽，任它東張西望，嗚嗚的哭叫。我不是虐待動物者，但見人家昵愛動物，摟抱貓狗坐車坐船，妨害別人，也是很嫌惡的；我覺得那樣的昵愛正與虐待同樣地是有點獸性的。洋人中當然也有真文明人，不過商人大抵不行，如中國的商人一樣。中國近來新起一種「打鬼」——便是打「玄學鬼」與「直腳鬼」——的傾向，我大體上也覺得贊成，只是對於他們的態度有點不能附和。我們要把一切的鬼或神全數打出去，這是不可能的事，更無論他們只是拍令牌，念退鬼咒，當然毫無功效，只足以表明中國人術士氣之十足，或者更留下一點惡因。我們所能做，所要做的，是如何使玄學鬼或直腳鬼不能為害。我相信，一切的鬼都是為害的，倘若被放縱著，便是我們自己「曲腳鬼」也何嘗不如此。……人家說，談天談到末了，一定要講到下作的話去，現在我卻反對地談起這樣正經大道理來，也似乎不大合式，可以不再寫下去了罷。

十三年五月三十一日，津浦車中。

濟南道中之二

過了德州，下了一陣雨，天氣頓覺涼快，天色也暗下來了。室內點上電燈，我向窗外一望，卻見別有一片亮光照在樹上地上，覺得奇異，同車的一位寧波人告訴我，這是後面護送的兵車的電光。我探頭出去，果然看見末後的一輛車頭上，兩邊各有一盞燈（這是我推想出來的，因為我看的只是一邊）射出光來，正如北京城裡汽車的兩隻大眼睛一樣。當初我以為既然是兵車的探照燈，一定是很大的，卻正出於意料之外，它的光只照著車旁兩三丈遠的地方，並不能直照見樹林中的賊蹤。據那位買辦所說，這是從去年故孫美瑤團長在臨城做了那「算不得什麼大事」之後新增的，似乎頗發生效力，這兩道神光真嚇退了沿路的毛賊，因為以後確不曾出過事，而且我於昨夜也已安抵濟南了。但我總覺得好笑，這兩點光照在火車的尾巴頭，好像是夏夜的螢火，太富於詼諧之趣。我坐在車中，看著窗外的亮光從地面移在麥子上，從麥子移到樹葉上，心裡起了一種離奇的感覺，覺得似危險非危險，似平安非平安，似現實又似在做戲，彷彿眼看程咬金腰間插著兩把紙糊大板斧在臺上踱著時一樣。我們平常有一句話，時時說起卻很少實驗到的，現在拿來應用，正相適合，——這便是所謂浪漫的境界。

十點鐘到濟南站後，坐洋車進城，路上看見許多店鋪都已關門——都上著「排門」，與浙東相似。我不能算是愛故鄉的人，但見了這樣的街市，卻也覺得很是喜歡。有一次夏天，我從家裡往杭州，因為河水乾涸，船隻能到牛屎浜，在早晨三四點鐘的時分坐轎出發，透過蕭山縣城；那時所見街上的情形，很有點與這回相像。其實紹興和南京的夜景也未嘗不如此，不過徒步走過的印象與車上所見到底有些不同，所以叫不起聯想來罷了。城裡有好些地方也已改用玻璃門，同北京一樣，這是我今天下午出去看來的。我不能說排門是比玻璃門更好，在實際上玻璃門當然比排門要便利得多。但由我旁觀地看去，總覺得舊式的鋪門較有趣味。玻璃門也自然可以有它的美觀，可惜現在多未能顧到這一層，大都是粗劣潦草，如一切的新東西一樣。舊房屋的粗拙，全體還有些調和，新式的卻只見輕率凌亂這一點而已。

今天下午同四個朋友去遊大明湖，從鵲華橋下船。這是一種「出坂船」似的長方的船，門窗做得很考究，船頭有匾一塊，文云「逸興豪情」，——我說船頭，只因它形勢似船頭，但行駛起來，它卻變了船尾，一個舟子便站在那裡倒撐上去。他所用的傢伙只是一支天然木的篙，不知是什麼樹，剝去了皮，很是光滑，樹身卻是彎來扭去的並不筆直；他拿了這件東西，能夠使一隻大船進退迴旋無不如意，並且不曾遇見一點小衝撞，在我只知道使船用槳櫓的人看了不禁著實驚嘆。大明湖在《老殘遊記》裡很有一段描寫，我覺得寫不出更好的文章來，而且你以前赴教育改進社年會時也曾到過，所以我可以不絮說了。我也同老殘一樣，走到歷下亭鐵公祠各處，但可惜不曾在明湖居聽得白妞說梨花大鼓。我們又去看「大帥張少軒」捐貲倡修的曾子固的祠堂，以及張公祠，祠裡還掛有一幅他的「門下子婿」的長髯照相和好些「聖朝柱石」等等的孫公德政牌。隨後又到北極祠去一看，照例是那些塑像，正殿右側一個大鬼，一手倒提著一個小妖，一手掐著一個，神氣非常活現，右腳下踏著一個女子，它的腳跟正落在腰間，把她踹得目瞪口呆，似乎喘不過氣來，不知是到底犯了什麼罪。大明湖的印象彷彿像南京的玄武湖，不過這湖是在城裡，很是別緻。清人鐵保有一聯云，「四面荷花三面柳，一城山色半城湖」，實在說得很好（據老殘說這是鐵公祠大門的楹聯，現今卻已掉下，在享堂內倚牆放著了），雖然我們這回看不到荷花，而且湖邊漸漸地填為平地，面積大不如前，水路也很窄狹，兩旁變了私產，一區一區地用葦塘圍繞，都是人家種蒲養魚的地方，所以《老殘遊記》裡所記千佛山倒影入湖的景像已經無從得見，至於「一聲漁唱」尤其是聽不到了。但是濟南城裡有一個湖，即使較前已經不如，總是很好的事；這實在可以代一個大公園，而且比公園更為有趣，於青年也很有益，我遇見好許多船的學生在湖中往來，比較中央公園裡那些學生站在路邊等看頭髮像雞巢的女人要好得多多，——我並不一定反對人家看女人，不過那樣看法未免令人見了生厭。這一天的湖逛得很快意，船中還有王君的一個三歲的小孩同去，更令我們喜悅。他從宋君手裡要蒲桃乾吃，每拿幾顆例須唱一出歌加以跳舞，他便手舞足蹈唱「一二三四」給我們聽，交換五六個蒲桃乾，可是他後來也覺得麻煩，便提出要求，說「不唱也給我罷」。他是個很活潑可愛的小人兒，而且一口的濟南話，我在他口中初次聽到「俺」這一個字活用在言語裡，雖然這種調子我們從北大徐君的話裡早已聽慣了。六月一日，在「家家泉水戶戶垂楊」的濟南城內。

濟南道中之三

六月二日午前，往工業學校看金線泉。這天正下著雨，我們乘暫時雨住的時候，踏著溼透的青草，走到石池旁邊，照著老殘的樣子側著頭細看水面，卻終於看不見那條金線，只有許多水泡，像是一串串的珍珠，或者還不如說水銀的蒸汽，從石隙中直冒上來，彷彿是地下有幾座丹灶在那裡煉藥。池底里長著許多植物，有竹有柏，有些不知名的花木，還有一株月季花，帶著一個開過的花蒂：這些植物生在水底，枝葉青綠，如在陸上一樣，到底不知道是怎麼一回事。金線泉的鄰近，有陳遵留客的投轄井，不過現在只是一個六尺左右的方池，轄雖還可以投，但是投下去也就可以取出來了。次到趵突泉，見大池中央有三股泉水向上噴湧，據《老殘遊記》裡說翻出水面有二三尺高，我們看見卻不過尺許罷了。池水在雨後頗是渾濁，也不曾流得「汩汩有聲」，加上週圍的石橋石路以及茶館之類，覺得很有點像故鄉的脂溝匯 —— 傳說是越王宮女傾脂粉水，匯流此地，現在卻俗稱「豬狗匯」，是鄉村航船的聚會地了。隨後我們往商埠遊公園，剛才進門雨又大下，在茶亭中坐了許久，等雨霽後再出來遊玩，園中別無遊客，容我們三人獨占全園，也是極有趣味的事。公園本不很大，所以便即遊了，裡邊又別無名勝古蹟，一切都是人工的新設，但有一所大廳，門口懸著匾額，大書曰「暢趣遊情，馬良撰並書」，我卻瞻仰了好久。我以前以為馬良將軍只是善於打什麼拳的人，現在才知道也很有風雅的趣味，不得不陳謝我當初的疏忽了。

此外我不曾往別處遊覽，但濟南這地方卻已儘夠中我的意了。我覺得北京也很好，只是太多風和灰土，濟南則沒有這些；濟南很有江南的風味，但我所討厭的那些東南的脾氣似乎沒有（或未免有點速斷？），所以是頗愉快的地方。然而因為端午將到，我不能不趕快回北京來，於是在五日午前二時終於乘了快車離開濟南了。

我在濟南四天，講演了八次。範圍題目都由我自己選定，本來已是自由極了，但是想來想去總覺得沒有什麼可講，勉強擬了幾個題目，都沒有十分把握，至於所講的話覺得不能句句確實，句句表現出真誠的氣氛來，那是更不必說了。就是平常談話，也常覺得自己有些話是虛空的，不與心情切實相應，說出時便即知道，感到一種噁心的寂寞，好像是嘴裡嘗到了肥皂。石川啄木的短歌之一云：

> 不知怎地，
> 總覺得自己是虛偽之塊似的，
> 將眼睛閉上了。

這種感覺，實在經驗了好許多次。在這八個題目之中，只有末了的「神話的趣味」還比較的好一點；這並非因為關於神話更有把握，只因世間對於這個問題很多誤會，據公刊的文章上看來，幾乎尚未有人加以相當的理解，所以我對於自己的意見還未開始懷疑，覺得不妨略說幾句。我想神話的命運很有點與夢相似。野蠻人以夢為真，半開化人以夢為兆，「文明人」以夢為幻，然而在現代學者的手裡，卻成為全人格之非意識的顯現；神話也經過宗教的，「哲學的」以及「科學的」解釋之後，由人類學者解救出來，還他原人文學的本來地位。中國現在有相信鬼神託夢魂魄入夢的人，有求夢占夢的人，有說夢是妖妄的人，但沒有人去從夢裡尋出他情緒的或感覺的分子，若是「滿願的夢」則更求其隱密的動機，為學術的探討者；說及神話，非信受則排斥，其態度正是一樣。我看許多反對神話的人雖然標榜科學，其實他的意思以為神話確有信受的可能，倘若不是竭力抗拒；這正如性意識很強的道學家之提倡戒色，實在是兩極相遇了。真正科學家自己既不會輕信，也就不必專用攻擊，只是平心靜氣地研究就得，所以懷疑與寬容是必要的精神，不然便是狂信者的態度，非耶者還是一種教徒，非孔者還是一種儒生，類例很多。即如近來反對太戈爾運動也是如此，他們自以為是科學思想與西方化，卻缺少懷疑與寬容的精神，其實仍是東方式的攻擊異端：倘若東方文化裡有最大的毒害，這種專制的狂信必是其一了。不意話又說遠了，與濟南已經毫無關係，就此擱筆，至於神話問題說來也嫌嘮叨，改日面談罷。

北平的好壞

不佞住在北平已有二十個年頭了。其間曾經回紹興去三次，往日本去三次，時間不過一兩個月，又到過濟南一次，定縣一次，保定兩次，天津四次，通州三次，多則五六日，少或一天而已。因此北平於我的確可以算是第二故鄉，與我很有些情分，雖然此外還有紹興，南京，以及日本東京，我也住過頗久。紹興是我生長的地方，有好許多山水風物至今還時時記起，如有閒暇很想記述一點下來，可是那裡天氣不好，寒暑水旱的時候都有困難，不甚適於住家。南京的六年學生生活也留下好些影響與感慨，背景卻是那麼模糊的，我對於龍蟠虎踞的鐘山與浩蕩奔流的長江總沒有什麼感情，自從一九〇六年肩鋪蓋出儀鳳門之後，一直沒有進城去瞻禮過，雖似薄情實在也無怪的。東京到底是人家的國土，那是另外的一件事情。歸根結底在現今說來還是北平與我最有關係，從前我曾自稱京兆人，蓋非無故也，不過這已是十年前的事了，現在不但不是國都，而且還變了邊塞，但是我們也能愛邊塞，所以對於北平仍是喜歡，小孩們坐慣的破椅子被決定將丟在門外，落在打小鼓的手裡，然而小孩的捨不得之情故自深深地存在也。

我說喜歡北平，究竟北平的好處在那裡呢？這條策問我一時有點答不上來，北平實在沒有什麼了不得的好處。我們可以說的，大約第一是氣候好吧。據人家說，北平的天色特別藍，太陽特別猛，月亮也特別亮。習慣了不覺得，有朋友到江浙去一走，或是往德法留學，便很感著這個不同了。其次是空氣乾燥，沒有那泛潮時的不愉快，於人的身體總當有些益處。民國初年我在紹興的時候，每到夏天，玻璃箱裡的幾本洋書都長上白毛，有些很費心思去搜求來的如育珂的《白薔薇》，因此書面上便有了「白雲風」似的瘢痕，至今看了還是不高興。搬到北京來以後，這種毛病是沒有了，雖然瘢痕不會消滅，那也是沒法的事。第二，北平的人情也好，至少總可以說是大方。大方，這是很不容易的，因為這裡邊包含著寬容與自由。我覺得世間最可怕的是狹隘，一切的干涉與迫害就都從這裡出來的。中國人的宿疾是外強中乾，表面要擺架子，內心卻無自信，隨時懷著恐怖，看見別人一言一動，便疑心是在罵他或是要危害他，說是度量窄排斥異己，其實是精神不健全的緣故。小時候遇見遠親裡會拳術的人，因為有恃無恐，取人己兩不犯的態度，便很顯得大方，從容。北平的人難道都會打拳，但是總有那麼一種空氣，使居住的人覺得安心，不像在別的都市彷彿已嚴密地辦好了保甲法，個人的舉動都受著街坊的督察，儀式起居的一點獨異也會有被窺伺或告發的可能。中國的上上下下的社會都不掃自己門前的雪，卻專管人家屋上的霜，不惜踏碎鄰家的瓦或爬坍了牆頭，因此如有不是那麼做的，也總是難得而可貴了。從別一方面說，也可以說這正是北平的落伍，沒有統制。不過天下事本不能一律而論，有喜歡統制人或被統制的，也有都不喜歡的，這有如宗教信仰，信徒對了菩薩叩頭如搗蒜，用神方去醫老太爺的病，在少信的人無妨看作泥塑木雕的偶像，根據保護信教自由的法令，固然未便上前搗毀，看了走開，回到無神的古廟去歇宿，只好各行其是耳。

北平也有我所不喜歡的東西，第一就是京戲。小時候看過些敬神的社戲，戲臺搭在曠野中間，不但看的人自由來去，鑼鼓聲也不大喧鬧，鄉下人又只懂得看，即使不單賞識斤斗翻得多，也總要看這裡邊的故事，唱得怎麼是不大有人理會的。乙巳（一九〇五）的冬天與二十三個同學到北京練兵處來應留學考試，在西河沿住過一個月，曾經看了幾次戲，租看的紅紙戲目，木棍一樣窄的板凳，臺上扮演的丫鬟手淫，都還約略有點記得。查那時很簡單的北行日記，還剩有這幾條記錄：

十二月初九日，下午偕公岐采卿椒如至中和園觀劇，見小叫天演時，已昏黑矣。

初十日，下午偕公岐椒如至廣德樓觀劇，朱素雲演《黃鶴樓》，朱頗通文墨云。

十六日，下午同采卿訪榆蓀，見永嘉胡儼莊君，同至廣德樓觀劇。

三十二年中人事變遷得很多，榆蓀當防疫處長，染疫而歿，已在十多年前，椒如為渤海艦隊司令，為張宗昌所殺，徐柯二君亦久不通音信了，我自己有三十年以上不曾進戲園，也可以算是一種改變吧。我厭惡中國舊劇的理由有好幾個。其一，中國超階級的升官發財多妻的腐敗思想隨處皆是，而在小說戲文裡最為濃厚顯著。其二，虛偽的儀式，裝腔作勢，我都不喜歡，覺得肉麻，戲臺上的動作無論怎麼有人讚美，我總看了不愉快。其三，唱戲的音調，特別是非戲子的在街上在房中的清唱，不知怎的我總覺得與八股鴉片等有什麼關係，有一種麻痺性，胃裡不受用。至於金革之音，如德國性學大師希耳息茀爾特在他的遊記《男與女》第二十四節中所說，「樂人在銅鑼上打出最高音」，或者倒還在其次，因為這在中國不算最鬧也。遊記同節中云：

> 中國人的聽覺神經一定跟我們構造得不同，這在一個中國旅館裡比在中國戲園還更容易看出來。

由是觀之，銅鑼的最高音究竟還是樂人所打的，比旅館裡的通夜蜜蜂巢似的哄哄然終要勝一籌也。

我反對舊劇的意見不始於今日，不過這只是我個人的意見，自己避開戲園就是了，也本不必大聲疾呼，想去警世傳道，因為如上文所說，趣味感覺各人不同，往往非人力所能改變，固不特鴉片小腳為然也。但是現在情形有點不同了，自從無線電廣播發達以來，出門一望但見四面多是歪斜碎裂的竹竿，街頭巷尾充滿著非人世的怪聲，而其中以戲文為多，簡直使人無所逃於天地之間，非硬聽京戲不可，此種壓迫實在比苛捐雜稅還要難受。中國不知從那一年起，唱歌的技術永遠失傳了，唐宋時妓女能歌絕句和詞，明有擘破玉、打草竿、掛枝兒等，清朝窯姐兒也有窯調的小曲，後來忽地消滅，至今自上至下都只會唱戲，我無閒去打茶圍，慚愧不知道八大胡同唱些什麼，但看酒宴餘興，士大夫無復念唐詩或試帖者，大都高歌某種戲劇一段，此外白晝無聊以及黑夜怕鬼的走路人口中哼哼有詞，也全是西皮二黃而非十杯酒兒，可知京戲已經統制了中國國民的感情了。無線電臺專門轉播戲園裡的音樂正無足怪，而且本是很順輿情的事，不幸城門失火殃及池魚，要叫我硬聽這些我所不要聽的東西，即使如德國老博士在旅館一樣用棉花塞了耳朵孔也還是沒用，有時真使人感到道地的絕望。俗語云，黃連樹下彈琴，苦中作樂。中國人很有這樣精神，大家裝上無線電，那些收音機卻似乎都從天橋地攤上買來的，恐怕不過三四毛一個，發出來的聲音老是那麼古怪，似非人間世所有。這不但是戲文，便是報告也都是如此，聲音蒼啞澀滯，聲調侷促呆板，語句固然難聽懂，只覺得嘈雜不好過。看畫報上所載，電臺裡有好幾位漂亮的女士管放送的事，不知道什麼時候才開口，為什麼我們現在所聽見的總是這樣難聽的古怪話呢。我有時候聽了不禁消極，心想中國話果真是如此難聽的一種言語麼？我不敢相信，但耳邊聽著這樣的話，實在覺得十分難聽。我想到，中國現今各方面似乎都缺少人。我又想到，中國接收外來文化往往不善利用，弄得反而醜惡討厭。無線電是頂好的一個例。這並不限定是北平一地方的事，但是因北平的事實而感到，所以也就算在他的帳上了。

總而言之，我對於北平大體上是很喜歡的，他的氣候與人情比別處要好些，宜於居住，雖然也有缺點，如無線電廣播的難聽，其次是多風塵，變成了邊塞。這真是一把破椅子了，放在門外邊，預備給打小鼓的拿去，這個時候有人來出北平特輯，未免有點不識時務吧，但是我們在北平的人總是很感激的，我之不得不於煩忙中特為寫此小文者蓋亦即以表此感激之意也。

遊日本雜感

我的再到日本與第一次相隔九年，大略一看，已覺得情形改變了不少。第一是思想界的革新，一直從前本來也有先覺的議論家和實行家，只是居極少數，常在孤立的地位，現在的形勢，卻大抵出於民眾的覺醒，所以前途更有希望。我以為明治的維新，在日本實是一利一害。利的是因此成了戰勝的強國，但這強國的教育，又養成一種謬誤思想，很使別人受許多迷惑，在自己也有害。這道理本極瞭然，近來各方面發起一種運動，便想免去這害。其實也不單為趨利避害起見，正是時代精神的潮流，誰也不能違抗。所以除了黎明會福田博士的日本主義之外，也頗有不再固執國家主義的人，大學生的新人會尤有新進銳氣。日本思想界情形，似乎比中國希望更大，德謨克拉西的思想，比在「民主」的中國更能理解傳達，而且比我們也更能覺察自己的短處，這在日本都是好現象。但如上文所說，日本因為五十年來德國式的帝國主義教育，國民精神上已經很受斲喪，中國卻除了歷史的因襲以外，制度教育上幾乎毫無新建設，雖然得不到維新的利，也還沒有種下什麼障礙，要行改革可望徹底。譬如建築，日本是新造的假洋房，中國卻還是一片廢址，要造真正適於居住的房屋，比將假洋房修改，或者更能得滿足的結果。我們所希望的，便是不要在這時期再造假洋房，白把地基糟塌。幸而從時勢上看來，這假洋房也斷然不能再造，不過我們警告工程師，請他們注意罷了。六月間美國杜威博士在北京講演教育，也說到這一事。杜威博士到中國才幾禮拜，就看出中國這唯一的優點，他的犀利的觀察，真足教我們佩服了。

日本近來的物價增加，是很可注意的事。白米每石五六十元，雞蛋每個金七八錢，毛豆一束七十餘錢，在中國南方只值三四分銀罷了。大約較七八年前百物要貴到三倍，然而人民的收入不能同樣增加，所以很覺為難，所謂無產階級的「生活難」的呼聲，也就因此而起了。若在東京並且房屋缺乏，雇工缺乏，更是困難。幾個人會見，總提起尋不到住房的苦，使女的工錢從前是兩三元，現在時價總在六七元以上，尚且無人應雇，許多人家急於用人，至於用懸賞的方法，倘若紹介所能為他尋到適用的使女，除報酬外，另給賞金十元。歐戰時候，有幾種投機事業，很得利益，憑空出了大大小小的許多成金（Narikin 即暴發財主），一方面大多數的平民卻因此在生活上很受影響。平常傭工度日的人，都去進了工場，可以多得幾文工資，所以工人非常增加，但現在的工場生活，也絕不是人的正當生活，而且所得又僅夠「自手至口」（大抵獨身的人進了工場，所得可以自養，有家眷的男子便不夠了）。因此罷業罷工，時有所聞。我在東京最後這幾天，正值新聞印刷工同盟罷工，多日沒有報看，後來聽說不久解決，職工一面終於失敗，這也本是意中事，無足怪的。日本近來對於勞動問題也漸漸注意，但除了幾個公正明白的人（政府及資本家或以為是危險人物，也未可知）以外，多還迷信著所謂溫情主義，想行點「仁政」，使他們感恩懷惠，不再胡鬧。這種過時的方策，恐怕沒有什麼功效，人雖「不單靠著麵包生活」，然而也少不了麵包，日本縱然講武士道，但在現今想叫勞動者枵腹從公，盡臣僕之分，也未免太如意了。

成金增加，一方面便造成奢侈的風氣。據報上說，中元贈答，從前不過數元的商品券，現在是五十元百元是常例，五百元也不算希奇。又據三越白木等店說，千元一條帶，五千元一件單衣，賣行很好，以前雖有人買，不過是大倉等都會的大財主，現在卻多從偏僻地方專函定買，很不同了。有些富翁買盡了鄰近的幾條街，將所有住民都限期勒遷，改作他的「花園」；或在別莊避暑，截住人家飲水的來源，引到自己的花園裡，做幾條瀑布看看，這都是我在東京這十幾日間聽到的事。日本世代相傳的華族，在青年眼中，已經漸漸失了威嚴，那些暴發戶的裝腔作勢，自然也不過買得平民的反感。成金這兩個字裡面，含有多量的輕蔑與憎惡，我在寓裡每聽得汽車飛過，嗚嗚的叫，鄰近的小兒便學著大叫「Korosuzo Korosuzo ！」（殺呀殺呀！）說汽車的叫聲是這樣說。闊人的汽車的功用，從平民看來，還不是載這肥重的實業家，急忙去盤算利益的，乃是一種借此在路上傷人的凶器，彷彿同軍閥們所倚恃的槍刺一樣。階級的衝突，絕不是好事，但這一道溝，現在不但沒有人想填平，反自己去掘深他，真是可惜之至了。

人常常說，日本國民近來生活程度增高，這也是事實。貴族富豪的奢侈，固然日甚一日，還有一班官吏與紳士之流，也大抵竭力趨時，借了物質文明來增重他的身價，所以火車一二等的乘客，幾乎坐席皆滿，心裡所崇拜的雖然仍是武士與藝妓，表面上卻很考究，穿了時式洋服，吃大菜，喝白蘭地酒，他們的生活程度確是高了。但事情也不能一概而論，一等乘客固然無一不是紳士，到了二等，便有穿和服，吃辨當的人了；口渴時花一枚五錢的白銅貨買一壺茶喝，然而也常常叫車侍拿一兩瓶汽水。若在三等車中，便大不同，有時竟不見一個著洋服（立領的也沒有）的人，到了中午或傍晚，也不見食堂車來分傳單，說大餐已備，車侍也不來照管，每到一個較大的站，只見許多人從車窗伸出頭去，叫買辨當及茶，滿盤滿籃的飯包和茶壺，一轉眼便空了，還有若干人買不到東西，便須忍了饑渴到第二站。賣食物的人，也只聚在三等或二等窗外，一等車前絕不見有賣辨當的叫喊，因為叫喊了也沒有人買。穿了 Frock-coat，端坐著吃冷飯，的確有點異樣，從「上等」人看來，是失體統的，因此三等乘客縱使接了大餐的傳單，也照樣不敢跑進食堂裡去。（別的原因也或為錢，或怕坐位被人占去。）這各等車室，首尾相銜的接著，裡面空氣卻截然不同，也可以算得一件奇事了。但由我看來，三等車室雖然略略擁擠，卻比一等較為舒服，因為在這一班人中間，覺得頗平等，不像「上等」人的互相輕蔑疏遠。有一次我從門司往大阪，隔壁的車位上並坐著兩個農夫模樣的人，一個是日本人，一個是朝鮮人，看他們容貌精神上，原沒有什麼分別，不過朝鮮的農人穿了一身哆囉麻的短衫褲，留著頭髮梳了髻罷了。兩人並坐著睡覺，有時日本人彎過手來，在朝鮮人腰間碰了一下，過一刻朝鮮人又伸出腳來，將日本人的腿踢了一下，兩人醒後各自喃喃的不平，卻終於並坐睡著，正如淘氣的兩個孩子，相罵相打，但也便忘了。我想倘使這朝鮮人是「上等」人，走進一等室，端坐在紳士隊中，恐怕那種冰冷的空氣，更要難受。波蘭的小說家曾說一個貴族看人好像是看一張碟子，我說可怕的便是這種看法。

我到東京，正是中國「排日」最盛的時候，但我所遇見的人，對於這事，卻沒有一人提及。這運動的本意，原如學生聯合會宣言所說，這是排斥侵略的日本，那些理論的與實行的侵略家（新聞記者，官僚，學者，政治家，軍閥等），我們本沒有機會遇到，相見的只有平民，在一種意義上，也是被侵略者，所以他們不用再怕被排，也就不必留意。他們裡邊那些小商人，手藝職工，勞動者，大抵是安分的人，至於農夫，尤愛平和，他們望著豐收的稻田，已很滿足，絕不再想到全中國全西伯利亞的土地。但其中也有一種人，很可嫌憎，這就是武士道的崇拜者。他們並不限定是那一行職業，大抵滿口浪花節（一種歌曲，那特色是多半頌揚武士的故事），對人說話，也常是「吾乃某某是也」「這廝可惱」這類句子，舉動也彷彿是臺步一般，就表面上說，可稱一種戲迷，他的思想，是通俗的侵略主義。《星期評論》八號內戴季陶先生說及日本浪人的惡態，也就可以當作他們的代表。這種「小軍閥」不儘是落伍的武士出身，但在社會上鼓吹武力主義，很有影響，同時又妄自尊大，以好漢自居，對於本國平民也很無禮。所以我以為在日本除侵略家以外，只有這種人最可厭惡，應得排斥。他們並不直接受過武士道教育，那種謬誤思想，都從浪花節，義太夫（也是一種歌曲）與舊劇上得來，這些「國粹」的藝術實在可怕。我想到中國人所受舊戲的毒害，不禁嘆息，真可謂不約而同的同病了。

日本有兩件事物，遊歷日本的外國人無不說及，本國人也多很珍重，就是武士（Samurai）與藝妓（Geisha）。國粹這句話，本來很足以惑人，本國的人對於這制度習慣了，便覺很有感情，又以為這種奇事的多少，都與本國榮譽的大小有關，所以熱心擁護；外國人見了新奇的事物，不很習慣，也便覺很有趣味，隨口讚歎，其實兩者都不盡正當。我們雖不宜專用理性，破壞藝術的美，但也不能偏重感情，亂發時代錯誤的議論。武士的行為，無論做在小說戲劇裡如何壯烈，如何華麗，總掩不住這一件事實，武士是賣命的奴隸。他們為主君為家名而死，在今日看來已經全無意義，只令人覺得他們做了時代的犧牲，是一件可悲的事罷了。藝妓與遊女是別一種奴隸的生活，現在本應該早成了歷史的陳跡了，但事實卻正相反，凡公私宴會及各種儀式，幾乎必有這種人做裝飾，新吉原遊廓的夜櫻，島原的太夫道中（太夫讀作 Tayu，本是藝人的總稱，後來轉指遊女，遊廓舊例，每年太夫盛裝行道一週，稱為道中），變成地方的一種韻事，詩人小說家畫家每每讚美詠嘆，流連不已，實在不很可解。這些不幸的人的不得已的情況，與頹廢派的心情，我們可以了解，但絕不以為是向人生的正路，至於多數假頹廢派，更是「無病呻吟」，白造成許多所謂遊蕩文學，供飽暖無事的人消閒罷了。我們論事都憑個「我」，但也不可全沒殺了我中的「他」，那些世俗的享樂，雖然滿足了我的意，但若在我的「他」的意識上有點不安，便不敢定為合理的事。各種國粹，多應該如此判斷的。

芳賀矢一（Y · Haga）著的《國民性十論》除幾篇頌揚武士道精神的以外，所說幾種國民性的優點，如愛草木喜自然，淡泊瀟灑，纖麗纖巧等，都很確當。這國民性的背景，是秀麗的山水景色，種種優美的藝術製作，便是國民性的表現。我想所謂東方文明的裡面，只這美術是永久的榮光，印度中國日本無不如此，我未曾研究美術，日本的繪畫雕刻建築，都不能詳細紹介，不過表明對於這榮光的禮讚罷了。中國的古藝術與民間藝術，我們也該用純真的態度，加以研究，只是現在沒有擔任的人，又還不是時候，大抵古學興盛，多在改造成功之後，因為這時才能覺到古文化的真正的美妙與恩惠，虛心鑒賞，與借此做門面說國粹的不同。日本近來頗有這種自覺的研究，但中國卻不能如此，須先求自覺，還以革新運動為第一步。

俄國詩人 Balimon 氏二年前曾遊日本，歸國後將他的印象談在報上發表，對於日本極加讚美，篇末說：「日本與日本人都愛花。——日出的國，花的國。」他於短歌俳句錦繪象牙細工之外，雖然也很賞讚武士與藝妓，但這一節話極是明澈——

> 日本人對於自然，都有一種詩的崇拜，但一方面又是理想的勤勉的人民。他們很多的勞動，而且是美術的勞動。有一次我曾見水田裡的農夫勞作的美，不覺墜淚。他們對於勞動對於自然的態度，都全是宗教的。

這話說得很美且真。《星期評論》八號季陶先生文中，也有一節說——

> 只有鄉下的農夫，是很可愛的。平和的性格，忠實的真情，樸素的習慣，勤儉的風俗，不但和中國農夫沒有兩樣，並且比中國江浙兩省鄉下的風習要好得多。

我訪日向的新村時，在鄉間逗留了幾日，所得印象也約略如此。但這也不僅日本為然，我在江浙走路，在車窗裡望見男女耕耘的情形，時常生一種感觸，覺得中國的生機還未滅盡，就只在這一班「四等貧民」中間。但在江北一帶，看男人著了鞋襪，懶懶的在黃土上種幾株玉蜀黍，卻不能引起同一的感想，這半因為單調的景色不能很惹詩的感情，大半也因這工作的勞力不及耕種水田的大，所以自然生出差別，與什麼別的地理的關係是全不相干的。

我對於日本平時沒有具體的研究，這不過臨時想到的雜感，算不得「覘國」的批評。我們於日本的短處加之指摘，但他的優美的特長也不能不承認，對於他的將來的進步尤有希望。日本維新前諸事多師法中國，養成了一種「禮教」的國，在家庭社會上留下種種禍害，維新以來諸事師法德國，便又養成了那一種「強權」的國，又在國內國外種下許多別的禍害。現在兩位師傅 —— 中國與德國 —— 本身，都已倒了，上諭家訓的「文治派」，與黑鐵赤血的「武力派」，在現今時代都已沒有立腳的地位了，日本在這時期，怎樣做呢？還是仍然拿著兩處廢址的殘材，支拄舊屋？還是別尋第三個師傅，去學改築呢？為鄰國人民的利益計，為本國人民的利益計，我都希望 —— 而且相信日本的新人能夠向和平正當的路走去。第三個師傅當能引導人類建造「第三國土」 —— 地上的天國 —— 實現人間的生活，日本與中國確有分享這幸福的素質與機會。 —— 這希望或終於是架空的「理想」，也未可知，但在我今日是一種頗強固的信念。

懷東京

我寫下這個題目，便想起谷崎潤一郎在《攝陽隨筆》裡的那一篇〈憶東京〉來。已有了谷崎氏的那篇文章，別人實在只該擱筆了，不佞何必明知故犯的來班門弄斧呢。但是，這裡有一點不同。谷崎氏所憶的是故鄉的東京，有如父師對於子弟期望很深，不免反多責備，雖然溺愛不明，不知其子之惡者世上自然也多有。谷崎文中云：

> 看了那尾上松之助的電影，實在覺得日本人的戲劇，日本人的面貌都很醜惡，把那種東西津津有味的看著的日本人的頭腦與趣味也都可疑，自己雖生而為日本人卻對於這日本的國土感覺到可厭惡了。

從前堀口大學有一首詩云：

> 在生我的國裡
> 反成為無家的人了。
> 沒有人能知道罷——
> 將故鄉看作外國的
> 我的哀愁。

正因為對於鄉國有情，所以至於那麼無情似的譴責或怨嗟。我想假如我要寫一篇論紹興的文章，恐怕一定會有好些使得鄉友看了皺眉的話，不見得會說錯，就只是嚴刻，其實這一點卻正是我所有對於故鄉的真正情愫。對於故鄉，對於祖國，我覺得不能用今天天氣哈哈哈的態度。若是外國，當然應當客氣一點才行，雖然無須瞎恭維，也總不必求全責備，以至吹毛求疵罷。這有如別人家的子弟，只看他清秀明慧處予以賞識，便了吾事。世間一般難得如此，常有為了小兒女玩耍相罵，弄得兩家媽媽扭打，都滾到泥水裡去，如小報上所載，又有「白面客」到癮發時偷街坊的小孩送往箕子所開的「白面房子」裡押錢，也是時常聽說的事。（門口的電燈電線，銅把手，信箱銅牌，被該客借去的事尤其多了，寒家也曾經驗，至今門口無燈也。）所以對於別國也有斷乎不客氣者，不過這些我們何必去學乎。

我曾說過東京是我第二故鄉，但是他究竟是人家的國土，那麼我的態度自然不能與我對紹興相同，亦即是與谷崎氏對東京相異，我的文章也就是別一種的東西了。我的東京的懷念差不多即是對於日本的一切觀察的基本，因為除了東京之外我不知道日本的生活，文學美術中最感興趣的也是東京前身的江戶時代之一部分。民族精神雖說是整個的，古今異時，變化勢所難免，我們無論怎麼看重唐代文化的平安時代，但是在經過了室町江戶時代而來的現代生活裡住著，如不是專門學者，要去完全了解他是很不容易的事，正如中國講文化總推漢唐，而我們現在的生活大抵是宋以來這一統系的，雖然有時對於一二模範的士大夫如李白韓愈還不難懂得，若是想了解有社會背景的全般文藝的空氣，那就很有點困難了。要談日本把全空間時間的都包括在內，實在沒有這種大本領，我只談談自己所感到的關於東京的一二點，這原是身邊瑣事，個人偶感，但他足以表示我知道日本之範圍之小與程度之淺，未始不是有意思的事情。

我在東京只繼續住過六年，但是我愛好那個地方，有第二故鄉之感。在南京我也曾住過同樣的年數，學校內外有過好些風波，紀念也很不淺，我對於他只是同杭州彷彿，沒有忘不了或時常想起的事。北京我是喜歡的，現在還住著，這是別一回事，且不必談。辛亥年秋天從東京歸國，住在距禹跡寺、季彭山故里、沈園遺址都不過一箭之遙的老屋裡，覺得非常寂寞，時時回憶在東京的學生生活，勝於家居吃老米飯。曾寫一篇擬古文，追記一年前與妻及妻弟往尾久川釣魚，至田端遇雨，坐公共馬車（囚車似的）回本鄉的事，頗感慨系之。這是什麼緣故呢？東京的氣候不比北京好，地震失火一直還是大威脅，山水名勝也無餘力遊玩，官費生的景況是可想而知的，自然更說不到娛樂。我就喜歡在東京的日本生活，即日本舊式的衣食住。此外是買新書舊書的快樂，在日本橋神田本鄉一帶的洋書和書新舊各店，雜誌攤，夜店，日夜巡閱，不知疲倦，這是許多人都喜歡的，不必要我來再多說明。回到故鄉，這種快樂是沒有了，北京雖有市場裡書攤，但情趣很不相同，有些朋友完全放棄了新的方面，回過頭來鑽到琉璃廠的古書堆中去，雖然似乎轉變得急，又要多花錢，不過這也是難怪的，因為在北平實在只有古書還可買，假如人有買書的癮，回國以後還未能乾淨戒絕的話。

去年六月我寫〈日本管窺之二〉，關於日本的衣食住稍有說明。我對於一部分的日本生活感到愛著，原因在於個人的性分與習慣，文中曾云：

> 我是生長於東南水鄉的人，那裡民生寒苦，冬天屋內沒有火氣，冷風可以直吹進被窩來，吃的通年不是很鹹的醃菜也是很鹹的醃魚，有了這種訓練去過東京的下宿生活，自然是不會不合適的。

還有第二的原因，可以說是思古之幽情。文中云：

> 我那時又是民族革命的一信徒，凡民族主義必含有復古思想在裡邊，我們反對清朝，覺得清以前或元以前的差不多都好，何況更早的東西。

為了這個理由我們覺得和服也很可以穿，若袍子馬褂在民國以前都作胡服看待，在東京穿這種衣服即是奴隸的表示，弘文書院照片裡（裡邊也有黃軫胡衍鴻）前排靠邊有楊晳子的袍子馬褂在焉，這在當時大家是很為駭然的。我們不喜歡被稱為清國留學生，寄信時必寫支那，因為認定這摩訶脂那，至那以至支那皆是印度對中國的美稱，又《佛爾雅》八，釋木第十二云：「桃曰至那你，漢持來也。」覺得很有意思，因此對於支那的名稱一點都沒有反感，至於現時那可憐的三上老頭子要替中國正名曰支那，這是著了法西斯的悶香，神識昏迷了，是另外一件笑話。關於食物我曾說道：

吾鄉窮苦，人民努力吃三頓飯，唯以醃菜臭豆腐螺螄當菜，故不怕鹹與臭，亦不嗜油若命，到日本去吃無論什麼都不大成問題。有些東西可以與故鄉的什麼相比，有些又即是中國某處的什麼，這樣一想也很有意思。如味噌汁與乾菜湯，金山寺味噌與豆板醬，福神漬與醬咯嗟（咯嗟猶骨朵，此言醬大頭菜也），牛蒡獨活與蘆筍，鹽鮭與勒鮝，皆相似的食物也。又如大德寺納豆即鹹豆豉，澤庵漬即福建的黃土蘿蔔，蒟蒻即四川的黑豆腐，刺身（Sashimi）即廣東的魚生，壽司（Sushi）即古昔的魚鮓，其製法見於《齊民要術》，此其間又含有文化交通的歷史，不但可吃，也更可思索。家庭宴集自較豐盛，但其清淡則如故，亦仍以菜蔬魚介為主，雞豚在所不廢，唯多用其瘦者，故亦不油膩也。

谷崎氏文章中很批評東京的食物，他舉出鯽魚的雀燒（小鯽魚破背煮酥，色黑，形如飛雀，故名）與疊（小魚晒乾，實非沙丁魚也）來做代表，以為顯出脆薄，貧弱，寒乞相，毫無腴潤豐盛的氣象，這是東京人的缺點，其影響於現今以東京為中心的文學美術之產生者甚大。他所說的話自然也有一理，但是我覺得這些食物之有意思也就是這地方，換句話可以說是清淡質素，他沒有富家廚房的多油多糰粉，其用鹽與清湯處卻與吾鄉尋常民家相近，在我個人是很以為好的。假如有人請吃酒，無論魚翅燕窩以至熊掌我都會吃，正如大蔥卵蒜我也會吃一樣，但沒得吃時絕不想吃或看了人家吃便害饞，我所想吃的如奢侈一點還是白鯗湯一類，其次是鰲（鄉俗讀若米）魚鯗湯，還有一種用擠了蝦仁的大蝦殼，砸碎了的鞭筍的不能吃的「老頭」（老頭者近根的硬的部分，如甘蔗老頭等），再加乾菜而蒸成的不知名叫什麼的湯，這實在是寒乞相極了，但越人喝得滋滋有味，而其有味也就在這寒乞即清淡質素之中，殆可勉強稱之曰俳味也。

日本房屋我也頗喜歡，其原因與食物同樣的在於他的質素。我在〈管窺之二〉中說過：

> 我喜歡的還是那房子的適用，特別便於簡易生活。

下文又云：

> 四席半一室面積才八十一方尺，比維摩斗室還小十分之二，四壁蕭然，下宿只供給一副茶具，自己買一張小几放在窗下，再有兩三個坐褥，便可安住。坐在几前讀書寫字，前後左右皆有空地，都可安放書捲紙張，等於一大書桌，客來遍地可坐，容六七人不算擁擠，倦時隨便臥倒，不必另備沙發，深夜從壁櫥取被攤開，又便即正式睡覺了。昔時常見日本學生移居，車上載行李只鋪蓋衣包小几或加書箱，自己手提玻璃洋油燈在車後走而已。中國公寓住室總在方丈以上，而板床桌椅箱架之外無多餘地，令人感到侷促，無安閒之趣。大抵中國房屋與西洋的相同都是宜於華麗而不宜於簡陋，一間房子造成，還是行百里者半九十，非是有相當的器具陳設不能算完成，日本則土木功畢，鋪席糊窗，即可居住，別無一點不足，而且還覺得清疏有致。從前在日本旅行，在吉松高鍋等山村住宿，坐在旅館的樸素的一室內憑窗看山，或著浴衣躺席上，要一壺茶來吃，這比向來住過的好些洋式中國式的旅舍都要覺得舒服，簡單而省費。

從別方面來說，他缺少闊大。如谷崎潤一郎以為如此紙屋中不會發生偉大的思想，萩原朔太郎以為不能得到圓滿的戀愛生活，永井荷風說木造紙糊的家屋裡適應的美術其形不可不小，其質不可不輕，與鋼琴油畫大理石雕刻這些東西不能相容。這恐怕都是說得對的，但是有什麼辦法呢。事實是如此，日本人縱使如田口卯吉所說日日戴大禮帽，反正不會變成白人，用洋灰造了文化住宅，其趣味亦未必遂勝於四席半，若不佞者不幸生於遠東，環境有相似處，不免引起同感，這原只是個人愛好，若其價值是非那自可有種種說法，並不敢一句斷定也。

日本生活裡的有些習俗我也喜歡，如清潔，有禮，灑脫。灑脫與有禮這兩件事一看似乎有點衝突，其實卻並不然。灑脫不是粗暴無禮，他只是沒有宗教與道學的偽善，沒有從淫逸發生出來的假正經。最明顯的例是對於裸體的態度。藹理斯在《論聖芳濟及其他》（*St · Francis and others*）文中有云：

> 希臘人曾將不喜裸體這件事看作波斯人及其他夷人的一種特性，日本人 —— 別一時代與風土的希臘人 —— 也並不想到避忌裸體，直到那西方夷人的淫逸的怕羞的眼告訴了他們。我們中間至今還覺得這是可嫌惡的，即使單露出腳來。

他在小注中引了時事來證明，如不列顛博物院閱覽室不準穿鏤空皮鞋的進去，又如女伶光腿登臺，致被檢察，結果是謝罪於公眾，並罰一巨款云。日本現今雖然也在竭力模仿文明，有時候不許小說裡親嘴太多，或者要叫石像穿裙子，表明官吏的眼也漸漸淫逸而怕羞了，在民間卻還不盡然，浴場的裸體群像仍是「司空見慣」，女人的赤足更不足希奇，因為這原是當然的風俗了。中國萬事不及英國，只有衣履不整者無進圖書館之權，女人光腿要犯法，這兩件事倒是一樣，也是很有意思的。不，中國還有纏足，男女都纏，不過女的裹得多一點，縛得小一點，這是英國也沒有的，不幸不佞很不喜歡這種出奇的做法，所以反動的總是讚美赤足，想起兩足白如霜不著鴉頭襪之句，覺得青蓮居士畢究是可人，不管他是何方人氏，只要是我的同志就得了。我常想，世間鞋類裡邊最美善的要算希臘古代的山大拉（Sandala），閒適的是日本的下駄（Geta），經濟的是中國南方的草鞋，而拖鞋之流不與也。凡此皆取其不隱藏，不裝飾，只是任其自然，卻亦不至於不適用與不美觀。不佞非拜腳狂者，如傳說中的辜湯生一類，亦不曾作履物之蒐集，本不足與語此道，不過鄙意對於腳或身體的別部分以為解放總當勝於束縛與隱諱，故於希臘日本的良風美俗不能不表示讚美，以為諸夏所不如也。希臘古國恨未及見，日本則幸曾身歷，每一出門去，即使別無所得，只見憧憧往來的都是平常人，無一裹足者在內，令人見之愀然不樂，如現今在北平行路每日所經驗者，則此事亦已大可喜矣。我前寫〈天足〉一小文，於今已十五年，意見還是仍舊，真真自愧對於這種事情不能去找出一個新看法新解釋來也。

上文所說都是個人主觀的見解，蓋我只從日本生活中去找出與自己性情相關切的東西來，有的是在經驗上正面感到親近者，就取其近似而更有味的，有的又反面覺到嫌惡，如上邊的裹足，則取其相反的以為補償，所以總算起來這些東西很多，卻難有十分明確的客觀解說。不過我愛好這些總是事實。這都是在東京所遇到，因此對於東京感到懷念，對於以此生活為背景的近代的藝文也感覺有興趣。永井荷風在《江戶藝術論》第一篇浮世繪之鑒賞中曾有這一節話道：

我反省自己是什麼呢？我非威耳哈倫（Verhaeren）似的比利時人而是日本人也，生來就和他們的運命及境遇迥異的東洋人也。戀愛的至情不必說了，凡對於異性之性慾的感覺悉視為最大的罪惡，我輩即奉戴此法制者也。承受「勝不過啼哭的小孩和地主」的教訓的人類也，知道「說話則唇寒」的國民也。使威耳哈倫感奮的那滴著鮮血的肥羊肉與芳醇的蒲桃酒與強壯的婦女之繪畫，都於我有什麼用呢。嗚呼，我愛浮世繪。苦海十年為親賣身的遊女的繪姿使我泣。憑倚竹窗茫然看著流水的藝妓的姿態使我喜。賣宵夜麵的紙燈寂寞地停留著的河邊的夜景使我醉。雨夜啼月的杜鵑，陣雨中散落的秋天樹葉，落花飄風的鐘聲，途中日暮的山路的雪，凡是無常無告無望的，使人無端嗟嘆此世只是一夢的，這樣的一切東西，於我都是可親，於我都是可懷。

永井氏是在說本國的事，所以很有悲憤，我們當作外國藝術看時似可不必如此，雖然也很贊同他的意思。是的，卻也不是。生活背景既多近似之處，看了從這出來的藝術的表示，也常令人有〈瘞旅文〉的「吾與爾猶彼也」之感。大的藝術裡吾爾彼總是合一的，我想這並不是老托爾斯泰一個人的新發明，雖然御用的江湖文學不妨去隨意宣傳，反正江湖訣 (Journalism) 只是應時小吃而已。還有一層，中國與日本現在是立於敵國的地位，但如離開現時的關係而論永久的性質，則兩者都是生來就和西洋的運命及境遇迥異的東洋人也，日本有些法西斯中毒患者以為自己國民的幸福勝過至少也等於西洋了，就只差未能吞併亞洲，稍有愧色，而藝術家乃感到「說話則唇寒」的悲哀，此正是東洋人之悲哀也，我輩聞之亦不能不惘然。木下杢太郎在他的《食後之歌》序中云：

> 在雜耍場的歸途，戲館的歸途，又或常盤木俱樂部，植木店的歸途，予常嘗此種異香之酒，耽想那卑俗的，但是充滿眼淚的江戶平民藝術以為樂。

我於音樂美術是外行，不能了解江戶時代音曲板畫的精妙，但如永井、木下所指出，這裡邊隱著的哀愁也是能夠隱隱的感著的。這不是代表中國人的哀愁，卻也未始不可以說包括一部分在內，因為這如上文所說其所表示者總之是東洋人之悲哀也。永井氏論木板畫的色彩，云這暗示出那樣暗黑時代的恐怖與悲哀與疲勞。俗曲裡禮讚戀愛與死，處處顯出人情與禮教的衝突，偶然聽唱義太夫，便會遇見紙治，即是這一類作品。日本的平民藝術彷彿善於用優美的形式包藏深切的悲苦，這是與中國很不同的。不過我已聲明關於這些事情不甚知道，中國的戲尤其是不懂，所以這只是信口開河罷了，請內行人見了別生氣才好。

我寫這篇小文，沒有能夠說出東京的什麼真面目來，很對不起讀者，不過我借此得以任意的說了些想到的話，自己倒覺得愉快，雖然以文章論也還未能寫得好。此外本來還有些事想寫進去的，如書店等，現在卻都來不及再說，只好等將來另寫了。

東京的書店

說到東京的書店第一想起的總是丸善（Maruzen）。他的本名是丸善株式會社，翻譯出來該是丸善有限公司，與我們有關係的其實還只是書籍部這一部分。最初是個人開的店鋪，名曰丸屋善七，不過這店我不曾見過，一九〇六年初次看見的是日本橋通三丁目的丸善，雖鋪了地板還是舊式樓房，民國以後失火重建，民八往東京時去看已是洋樓了，隨後全毀於大地震，前年再去則洋樓仍建在原處，地名卻已改為日本橋通二丁目。我在丸善買書前後已有三十年，可以算是老主顧了，雖然賣買很微小，後來又要買和書與中國舊書，財力更是分散，但是這一點點的洋書卻於我有極大的影響，所以丸善雖是一個法人而在我可是可以說有師友之誼者也。

我於一九〇六年八月到東京，在丸善所買最初的書是聖茲伯利（G · Saintsbury）的《英文學小史》一冊與泰納的英譯本四冊，書架上現今還有這兩部，但已不是那時買的原書了。我在江南水師學堂學的外國語是英文，當初的專門是管輪，後來又奉督練公所命令改學土木工學，自己的興趣卻是在文學方面，因此找一兩本英文學史來看看，也是很平常的事。但是實在也並不全是如此，我的英文始終還是敲門磚，這固然使我得知英國十八世紀以後散文的美富，如愛迭生，斯威夫忒，蘭姆，斯替文生，密倫，林特等的小品文我至今愛讀，那時我的志趣乃在所謂大陸文學，或是弱小民族文學，不過借英文做個居中傳話的媒婆而已。一九〇九年所刊的《域外小說集》二卷中譯載的作品以波蘭俄國波思尼亞芬蘭為主，法國有一篇摩波商（即莫泊三），英美也各有一篇，但這如不是犯法的淮爾特（即王爾德）也總是酒狂的亞倫坡。俄國不算弱小，其時正是專制與革命對抗的時候，中國人自然就引為同病的朋友，弱小民族蓋是後起的名稱，實在我們所喜歡的乃是被壓迫的民族之文學耳。這些材料便是都從丸善去得來的。日本文壇上那時有馬場孤蝶等人在談大陸文學，可是英譯本在書店裡還很缺少，搜求極是不易，除俄法的小說尚有幾種可得外，東歐北歐的難得一見，英譯本原來就很寥寥。我只得根據英國倍寇（E · Baker）的《小說指南》（*A Guide to the Best Fictions*），抄出書名來，托丸善去定購，費了許多的氣力與時光，才能得到幾種波蘭，勃爾伽利亞，波思尼亞，芬蘭，匈加利，新希臘的作品，這裡邊特別可以提出來的有育珂摩耳（Jokai Mor）的小說，不但是東西寫得好，有匈加利的司各得之稱，而且還是革命家，英譯本的印刷裝訂又十分講究，至今還可算是我的藏書中之佳品，只可惜在紹興放了四年，書面上因為潮溼生了好些黴菌的斑點。此外還有一部插畫本土耳該涅夫（Turgeniev）小說集，共十五冊，伽納忒夫人譯，價三鎊。這部書本平常，價也不能算貴，每冊只要四先令罷了，不過當時普通留學官費每月只有三十三圓，想買這樣大書，談何容易，幸而有蔡谷清君的介紹把哈葛德與安特路朗合著的《紅星佚史》譯稿賣給商務印書館，凡十萬餘字得洋二百元，於是居然能夠買得，同時定購的還有勃闌兌思（Georg Brandes）的一冊《波蘭印象記》，這也給予我一個深的印象，使我對於波蘭與勃闌兌思博士同樣地不能忘記。我的文學店逐漸地關了門，除了《水滸傳》、《吉訶德先生》之外不再讀中外小說了，但是雜覽閒書，丹麥安徒生的童話，英國安特路朗的雜文，又一方面如威斯忒瑪克的《道德觀念發達史》，部丘的關於希臘的諸講義，都給我很愉快的消遣與切實的教導，也差不多全是從丸善去得來的。末了最重要的是藹理斯的《性心理之研究》七冊，這是我的啟蒙之書，使我讀了之後眼上的鱗片倏忽落下，對於人生與社會成立了一種見解。古人學藝往往因了一件事物忽然省悟，與學道一樣，如學寫字的見路上的蛇或是雨中在柳枝下往上跳的蛙而悟，是也。不佞本來無道可悟，但如說因「妖精打架」而對於自然與人生小有所了解，似乎也可以這樣說，雖然卍字派的同胞聽了覺得該罵亦未可知。《資本論》讀不懂（後來送給在北大經濟系的舊學生杜君，可惜現在墓木已拱矣！），考慮婦女問題卻也會歸結到社會制度的改革，如《愛的成年》的著者所已說過。藹理斯的意見大約與羅素相似，贊成社會主義而反對「共產法西斯底」的罷。藹理斯的著作自《新精神》以至《現代諸問題》都從丸善購得，今日因為西班牙的反革命運動消息的聯想又取出他的一冊《西班牙之魂靈》來一讀，特別是吉訶德先生與西班牙女人兩章，重複感嘆，對於西班牙與藹理斯與丸善都不禁各有一種好意也。

人們在戀愛經驗上特別覺得初戀不易忘記，別的事情恐怕也是如此，所以最初的印象很是重要。丸善的店面經了幾次改變了，我所記得的還是那最初的舊樓房。樓上並不很大，四壁是書架，中間好些長桌上攤著新到的書，任憑客人自由翻閱，有時站在角落裡書架背後查上半天書也沒人注意，選了一兩本書要請算帳時還找不到人，須得高聲叫夥計來，或者要勞那位不良於行的下田君親自過來招呼。這種不大監視客人的態度是一種愉快的事，後來改築以後自然也還是一樣，不過我回想起來時總是舊店的背景罷了。記得也有新聞記者問過，這樣不會缺少書籍麼？答說，也要遺失，不過大抵都是小冊，一年總計才四百圓左右，多僱人監視反不經濟云。當時在神田有一家賣洋書的中西屋，離寓所比丸善要近得多，可是總不願常去，因為夥計跟得太凶。聽說有一回一個知名的文人進去看書，被監視得生起氣來，大喝道，你們以為客人都是小偷麼！這可見別一種的不經濟。但是不久中西屋出倒於丸善，改為神田支店，這種情形大約已改過了罷，民國以來只去東京兩三次，那裡好像竟不曾去，所以究竟如何也就不得而知了。

因丸善而聯想起來的有本鄉真砂町的相模屋舊書店，這與我的買書也是很有關係的。一九〇六年的秋天我初次走進這店裡，買了一冊舊小說，是匈加利育珂原作美國薄格思譯的，書名曰《髑髏所說》（*Told by the Death's Head*），卷首有羅馬字題曰，K.Tokutomi, Tokyo Japan · June 27th.1904。一看就知是《不如歸》的著者德富健次郎的書，覺得很是可以寶貴的，到了辛亥歸國的時候忽然把他和別的舊書一起賣掉了，不知為什麼緣故，或者因為育珂這長篇傳奇小說無翻譯的可能，又或對於德富氏晚年篤舊的傾向有點不滿罷。但是事後追思有時也還覺得可惜。民八春秋兩去東京，在大學前的南陽堂架上忽又遇見，似乎他直立在那裡有八九年之久了，趕緊又買了回來，至今藏在寒齋，與育珂別的小說《黃薔薇》等作伴。相模屋主人名小澤民三郎，從前曾在丸善當過夥計，說可以代去拿書，於是就托去拿了一冊該萊的《英文學上的古典神話》，色剛姆與尼珂耳合編的《英文學史》繡像本第一分冊，此書出至十二冊完結，今尚存，唯《古典神話》的背皮脆裂，早已賣去換了一冊青灰布裝的了。自此以後與相模屋便常有往來，辛亥回到故鄉去後一切和洋書與雜誌的購買全托他代辦，直到民五小澤君死了，次年書店也關了門，關係始斷絕，想起來很覺得可惜，此外就沒有遇見過這樣可以談話的舊書商人了。本鄉還有一家舊書店郁文堂，以賣洋書出名，雖然我與店裡的人不曾相識，也時常去看看，曾經買過好些書至今還頗喜歡所以記得的。這裡邊有一冊勃闌兌思的《十九世紀名人論》，上蓋一橢圓小印朱文曰勝彌，一方印白文曰孤蝶，知繫馬場氏舊藏，又一冊《斯干地那微亞文學論集》，丹麥波耶生（H · H · Boyesen）用英文所著，卷首有羅馬字題曰，November 8th.08· M · Abe，則不知是那一個阿部君之物也。兩書中均有安徒生論一篇，我之能夠懂得一點安徒生差不多全是由於這兩篇文章的啟示，別一方面安特路朗（Andrew Lang）的人類學派神話研究也有很大的幫助，不過我以前只知道格林兄弟輯錄的童話之價值，若安徒生創作的童話之別有價值則至此方才知道也。論文集中又有一篇勃闌兌思論，著者意見雖似右傾，但在這裡卻正可以表示出所論者的真相，在我個人是很喜歡勃闌兌思的，覺得也是很好的參考。前年到東京，於酷熱匆忙中同了徐君去過一趟，卻只買了一小冊英詩人《克剌勃傳》（*Crabbe*），便是丸善也只匆匆一看，買到一冊瓦格納著的《倫敦的客店與酒館》而已。近年來洋書太貴，實在買不起，從前六先令或一圓半美金的書已經很好，日金只要三圓，現在總非三倍不能買得一冊比較像樣的書，此新書之所以不容易買也。

本鄉神田一帶的舊書店還有許多，挨家的看去往往可以花去大半天的工夫，也是消遣之一妙法。庚戌辛亥之交住在麻布區，晚飯後出來遊玩，看過幾家舊書後忽見行人已漸寥落，坐了直達的電車迂迴地到了赤羽橋，大抵已是十一二點之間了。這種事想起來也有意思，不過店裡的夥計在帳臺後蹲山老虎似的雙目炯炯地睨視著，把客人一半當作小偷一半當作肥豬看，也是很可怕的，所以平常也只是看看，要遇見真是喜歡的書才決心開口問價，而這種事情也就不甚多也。

東京散策記

前幾天從東京舊書店買到一本書，覺得非常喜歡，雖然原來只是很普通的一卷隨筆。這是永井荷風所著的《日和下駄》，一名《東京散策記》，內共十一篇，從大正三年夏起陸續在《三田文學》月刊上發表，次年冬印成單行本，以後收入「明治大正文學全集」及「春陽堂文庫」中，現在極容易買到的。但是我所得的乃是初板原本，雖然那兩種翻印本我也都有，文章也已讀過，不知怎的卻總覺得原本可喜，鉛印洋紙的舊書本來難得有什麼可愛處，有十七幅膠板的插畫也不見得可作為理由，勉強說來只是書品好罷。此外或者還有一點感情的關係，這比別的理由都重要，便是一點兒故舊之誼，改訂縮印的書雖然看了便利，卻缺少一種親密的感覺，說讀書要講究這些未免是奢侈，那也可以說，不過這又與玩古董的買舊書不同，因為我們既不要宋本或季滄葦的印，也不能出大價錢也。《日和下駄》出板於大正四年（一九一五），正是二十年前，絕板已久，所以成了珍本，定價金一圓，現在卻加了一倍，幸而近來匯兌頗低，只要銀一元半就成了。

永井荷風最初以小說得名，但小說我是不大喜歡的，我讀荷風的作品大抵都是散文筆記，如《荷風雜稿》、《荷風隨筆》、《下谷叢話》、《日和下馱》與《江戶藝術論》等。《下谷叢話》是森鷗外的《伊澤蘭軒傳》一派的傳記文學，講他的外祖父鷲津毅堂的一生以及他同時的師友，我讀了很感興趣，其第十九章中引有大沼枕山的絕句，我還因此去搜求了《枕山詩鈔》來讀。隨筆各篇都有很好的文章，我所最喜歡的卻是《日和下馱》。《日和下馱》這部書如副題所示是東京市中散步的記事，內分〈日和下馱〉、〈淫祠〉、〈樹〉、〈地圖〉、〈寺〉、〈水附渡船〉、〈露地〉、〈閒地〉、〈崖〉、〈坂〉、〈夕陽附富士眺望〉等十一篇。《日和下馱》（*Hiyori-geta*）本是木屐之一種，意云晴天屐，普通的木屐兩齒幅寬，全屐用一木雕成，日和下馱的齒是用竹片另外嵌上去的，趾前有覆，便於踐泥水，所以雖稱曰晴天屐而實乃晴雨雙用屐也。為什麼用作書名，第一篇的發端說的很明白：

長的個兒本來比平常人高，我又老是穿著日和下馱拿著蝙蝠傘走路。無論是怎麼好晴天，沒有日和下馱與蝙蝠傘總不放心。這是因為對於通年多溼的東京天氣全然沒有信用的緣故。容易變的是男子的心與秋天的天氣，此外還有上頭的政事，這也未必一定就只如此。春天看花時節，午前的晴天到了午後二三時必定颳起風來，否則從傍晚就得下雨。梅雨期間可以不必說了。入伏以後更不能預料什麼時候有沒有驟雨會沛然下來。

因為穿了日和下馱去憑弔東京的名勝，故即以名篇，也即以為全書的名稱。荷風住紐約巴黎甚久，深通法蘭西文學，寫此文時又才三十六歲，可是對於本國的政治與文化其態度非常消極，幾乎表示極端的憎惡。在前一年所寫的《江戶藝術論》中說的很明白，如「浮世繪的鑒賞」第三節云：

在油畫的色裡有著強的意味，有著主張，能表示出製作者的精神。與這正相反，假如在木板畫的瞌睡似的色彩裡也有製作者的精神，那麼這只是專制時代萎靡的人心之反映而已。這暗示出那樣暗黑時代的恐怖與悲哀與疲勞，在這一點上我覺得正如聞娼婦啜泣的微聲，深不能忘記那悲苦無告的色調。我與現社會相接觸，常見強者之極其橫暴而感到義憤的時候，想起這無告的色彩之美，因了潛存的哀訴的旋律而將暗黑的過去再現出來，我忽然了解東洋固有的專制的精神之為何，深悟空言正義之不免為愚了。希臘美術發生於以亞坡隆為神的國土，浮世繪則由與蟲豸同樣的平民之手製作於日光晒不到的小胡同的雜院裡。現在雖云時代全已變革，要之只是外觀罷了。若以合理的眼光一看破其外皮，則武斷政治的精神與百年以前毫無所異。江戶木板畫之悲哀的色彩至今全無時間的間隔，深深沁入我們的胸底，常傳親密的私語者，蓋非偶然也。

在《日和下馱》第一篇中有同樣的意思，不過說得稍為和婉：

但是我所喜歡曳屐走到的東京市中的廢址，大抵單是平凡的景色，只令我個人感到興趣，卻不容易說明其特徵的。例如一邊為砲兵工廠的磚牆所限的小石川的富坂剛要走完的地方，在左側有一條溝渠。沿著這水流，向著蒟蒻閻魔去的一個小胡同，即是一例。兩旁的房屋都很低，路也隨便彎來彎去，洋油漆的招牌以及仿洋式的玻璃門等一家都沒有，除卻有時飄著冰店的旗子以外小胡同的眺望沒有一點什麼色彩，住家就只是那些裁縫店烤白薯店粗點心店燈籠店等，營著從前的職業勉強度日的人家。我在新開路的住家門口常看見堂皇地掛著些什麼商會什麼事務所的木牌，莫名其妙地總對於新時代的這種企業引起不安之念，又關於那些主謀者的人物很感到危險。倒是在這樣貧窮的小胡同裡營著從前的職業窮苦度日的老人們，我見了在同情與悲哀之上還不禁起尊敬之念。同時又想到這樣人家的獨養女兒或者會成了介紹所的餌食現今在什麼地方當藝妓也說不定，於是照例想起日本固有的忠孝思想與人身賣買的習慣之關係，再下去是這結果所及於現代社會之影響等，想進種種複雜的事情裡邊去了。

本文十篇都可讀，但篇幅太長，其〈淫祠〉一篇最短，與民俗相關亦很有趣，今錄於後。

往小胡同去罷，走橫街去罷。這樣我喜歡走的，格拉格拉地拖著晴天屐走去的裡街，那裡一定會有淫祠。淫祠從古至今一直沒有受過政府的庇護。寬大地看過去，讓它在那裡，這已經很好了，弄得不好就要被拆掉。可是雖然如此現今東京市中淫祠還是數不清地那麼多。我喜歡淫祠。給小胡同的風景添點情趣，淫祠要遠在銅像之上有審美的價值。本所深川一帶河流的橋畔，麻布芝區的極陡的坡下，或是繁華的街的庫房之間，多寺院的後街的拐角，立著小小的祠以及不蔽風雨的石地藏，至今也還必定有人來掛上還願的匾額和奉獻的手巾，有時又有人來上香的。現代教育無論怎樣努力想把日本人弄得更新更狡猾，可是至今一部分的愚昧的民心也終於沒有能夠奪去。在路旁的淫祠許願祈禱，在破損的地藏尊的脖上來掛圍巾的人們或者賣女兒去當藝妓也未可知，自己去做俠盜也未可知，專夢想著銀會和樂透的僥倖也未可知。不過他們不會把別人的私行投到報紙上去揭發以圖報復，或借了正義人道的名來敲竹槓迫害人，這些文明的武器的使用法他們總是不知道的。

淫祠在其緣起及靈驗上大抵總有荒唐無稽的事，這也使它帶有一種滑稽之趣。

對那歡喜天要供油炸的饅頭，對大黑天用雙叉的蘿蔔，對稻荷神獻奉油豆腐，這是誰都知道的事。芝區日蔭町有供鯖魚的稻荷神，在駒入地方又有獻上沙鍋的沙鍋地藏，祈禱醫治頭痛，病好了去還願，便把一個沙鍋放在地藏菩薩的頭上。御廄河岸的榧寺裡有醫好牙痛的吃糖地藏，金龍山的廟內則有供鹽的鹽地藏。在小石川富坂的源覺寺的閻魔王是供蒟蒻的，對於大久保百人町的鬼王則供豆腐，以為治好疥瘡的謝禮。向島弘福寺裡的有所謂石頭的老婆婆，人家供炒蠶豆，求她醫治小孩的百日咳。

天真爛漫的而又那麼鄙陋的此等愚民的習慣，正如看那社廟滑稽戲和醜男子舞，以及猜謎似的那還願的匾額上的拙稚的繪畫，常常無限地使我的心感到慰安。這並不單是說好玩。在那道理上議論上都無可說的荒唐可笑的地方，細細地想時卻正感著一種悲哀似的莫名其妙的心情也。

關於民俗說來太繁且不作注，單就蒟蒻閻魔所愛吃的東西說明一點罷。蒟蒻是一種天南星科的植物，其根可食，五代時源順撰《和名類聚抄》卷九引《文選·蜀都賦》注云：

蒟蒻，其根肥白，以灰汁煮則凝成，以苦酒淹食之，蜀人珍焉。

《本草綱目》卷十六敘其製法甚詳云：

經二年者根大如碗及芋魁，其外理白，味亦麻人，秋後采根，須淨擦或搗或片段，以釅灰汁煮十餘沸，以水淘洗，換水更煮五六遍，即成凍子，切片，以苦酒五味淹食，不以灰汁則不成也。切作細絲，沸湯瀹過，五味調食，狀如水母絲。

黃本驥編《湖南方物誌》卷三引《瀟湘聽雨錄》云：

《益部方物略》，海芋高不過四五尺，葉似芋而有幹。向見岣嶁峰寺僧所種，詢之名磨芋，幹赤，葉大如茄，柯高二三尺，至秋根下實如芋魁，磨之漉粉成膏，微作膻辛，蔬品中味猶乳酪，似是《方物略》所指，宋祁贊曰木幹芋葉是也。

金武祥著《粟香四筆》卷四有一則云：

濟南王培荀雪嶠《聽雨樓隨筆》云，蒟醬張騫至西南夷食之而美，擅名蜀中久矣。來川物色不得，問土人無知者。家人買黑豆腐，蓋村間所種，俗名茉芋，實蒟蒻也，形如芋而大，可作腐，色黑有別味，未及豆腐之滑膩。蒟蒻一名鬼頭，作腐時人多語則味澀，或云多語則作之不成。乃知蒟醬即此，俗間日用而不知，可笑也。遙攜饞口入西川，蒟醬曾聞自漢年，腐已難堪兼色黑，虛名應共笑張騫。茉芋亦名黑芋，生食之口痲。

蒟蒻俗名黑豆腐，很得要領，這是民間或小兒命名的長處。在中國似乎不大有人吃，要費大家的力氣來考證，在日本乃是日常副食物，真是婦孺皆知，在俗諺中也常出現，此正是日本文學風物誌中一好項目。在北平有些市場裡現已可買到，其製法與名稱蓋從日本輸入，大抵稱為蒟蒻而不叫做黑豆腐也。

留學的回憶

我到現在來寫留學的回憶，覺得有點不合時宜，因為這已是三十多年前的事了，無論在中日那一方面，不是五十歲以上的人不會了解，或者要感覺不喜歡也說不定。但是因為記者先生的雅意不好推卻，勉強答應了下來，寫這一回，有許多話以前都已說過了，所以這裡也沒有什麼新材料可以加添，要請原諒。

我初到東京的那一年是清光緒三十二年，即明治三十九年，正是日俄戰爭結束後一年。現在中國青年大抵都已不知道了，就是日本人恐怕也未嘗切實的知道，那時日本曾經給予我們多大的影響，這共有兩件事，一是明治維新，一是日俄戰爭。當時中國知識階級最深切的感到本國的危機，第一憂慮的是如何救國，可以免於西洋各國的侵略，所以見了日本維新的成功，發見了變法自強的道路，非常興奮，見了對俄的勝利，又增加了不少勇氣，覺得抵禦西洋，保全東亞，不是不可能的事。中國派留學生往日本，其用意差不多就在於此，我們留學去的人除了速成法政鐵道警察以外，也自然都受了這影響，用現在時髦話來說，即是都熱烈的抱著興亞的意氣的。中國人如何佩服讚歎日本的明治維新，對於日俄戰爭如何祈望日本的勝利，現在想起來實在不禁感覺奇異，率真的說，這比去年大東亞戰爭勃發的時候還要更真誠更熱烈幾分，假如近來三十年內不曾發生波折，這種感情能維持到現在，什麼難問題都早已解決了。過去的事情無法挽回，但是像我們年紀的人，明治時代在東京住過，民國以來住在北京，這種感慨實在很深，明知無益而不免要說，或者也是可恕的常情罷。

我在東京是在這樣的時候，所以環境可以說是很好的了。我後來常聽見日本人說，中國留日學生回國後多變成抗日，大約是在日本的時候遇見公寓老闆或警察的欺侮，所以感情不好，激而出於反抗的罷。我聽了很是懷疑，以我自己的經驗來說，並不曾遇見多大的欺侮，而且即使有過不愉快的事，也何至於以這類的細故影響到家國大事上去，這是凡有理知的人所不為的。我初去東京是和魯迅在一起，我們在東京的生活是完全日本化的。有好些留學生過不慣日本的生活，住在下宿裡要用桌椅，有人買不起臥床，至於爬上壁櫥（戶棚）去睡覺，吃的也非熱飯不可，這種人常為我們所非笑，因為我們覺得不能吃苦何必出外，而且到日本來單學一點技術回去，結局也終是皮毛，如不從生活上去體驗，對於日本事情便無法深知的。我們是官費生，但是低級的，生活不能闊綽，所以上邊的主張似乎有點像伊索寓言裡酸蒲桃的話，可是在理論上我覺得這也是本來很有道理的。我們住的是普通下宿，四張半蓆子的一間，書箱之外只有一張矮幾兩個墊子，上學校時穿學生服，平常只是和服穿裙著木屐，下雨時或穿皮鞋，但是後來我也改用高齒屐（足馱）了。一日兩餐吃的是下宿的飯，在校時帶飯盒，記得在順天堂左近東竹町住的時候，有一年多老吃鹹甜煮的圓豆腐（雁擬），我們大為惶恐，雖然後來自家煮了來吃也還是很好的。這其實只是一時吃厭了的緣故，所以有這一件笑話，對於其他食物都是遇著便吃，別無什麼不滿。點心最初多買今川小路風月堂的，也常照顧大學前的青木堂，後來知道找本鄉的岡野與藤村了，有一回在神田什麼店裡得到寄賣的柿羊羹，這是大垣地方的名物，裝在半節青竹裡，一面貼著竹箬，其風味絕佳，不久不知為何再也買不到了，曾為惋惜久之。總之衣食住各方面我們過的全是日本生活，不但沒有什麼不便，慣了還覺得很有趣，我自己在東京住了六年，便不曾回過一次家，我稱東京為第二故鄉，也就是這個緣故。魯迅在仙臺醫學校時還曾經受到種種激刺，我卻是沒有。說在留日時代會造下抗日的原因，我總深以為疑，照我們自己的經驗來看，相信這是不會有的。但是後來卻明白了。留學過日本的人，除了只看見日本之西洋模擬的文明一部分的人不算外，在相當時間與日本的生活和文化接觸之後，大抵都發生一種好感，分析起來仍不外是這兩樣分子，即是對於前進的新社會之心折，與東洋民族的感情的聯繫，實亦即上文所云明治維新與日俄戰爭之影響的一面也。可是他如回到本國來，見到有些事與他平素所有的日本印象不符的時候，那麼他便敏捷的感到，比不知道日本的人更深的感覺不滿，此其一。還有所謂支那通者，追隨英美的傳教師以著書宣揚中國的惡德為事，於記述嫖賭鴉片之外，或摘取春秋列國以及三國志故事為資料，信口謾罵，不懂日文者不能知，或知之而以為外國文人之常，亦不敢怪，留學生則知日本國內不如此，對於西洋亦不如此，便自不免心中不服，漸由小事而成為大問題矣，此其二。本來一國數千年歷史中，均不乏此種材料，可供指摘者，但君子自重，不敢為耳。古人云，蟻穴潰堤。以極無聊的瑣屑事，往往為不堪設想的禍害之因，吾人經此事變之後，創巨痛深，甚願於此互勉，我因為回憶而想起留學抗日生之原因，故略為說及，以為愚者一得之獻也。

我在東京住過的地方是本鄉與麻布兩處，所以回憶中覺得不能忘記的也以這兩區的附近為多。最初是在湯島，隨後由東竹町轉至西片町，末了遠移麻布，在森元町住了一年餘。我們那時還無銀座散步的風氣，晚間有暇大抵只是看夜店與書攤，所以最記得的是本鄉三丁目大學前面這一條街，以及神田神保町的表裡街道。從東竹町往神田，總是徒步過御茶之水橋，由甲賀町至駿河臺下，從西片町往本鄉三丁目，則走過阿部伯爵邸前的大椎樹，渡過旱板橋（空橋），出森川町以至大學前。這兩條路走的很熟了，至今想起來還如在目前，神保町的書肆以及大學前的夜店，也同樣的清楚記得。住在麻布的時候，往神田去須步行到芝園橋坐電車，終點是赤羽橋，離森元町只有一箭之路，可是車行要三十分鐘左右，走過好些荒涼的地方，頗有趁火車之感，也覺得頗有趣味。有時白晝往來，則在芝園橋的前一站即增上寺前下車，進了山門，從寺的左側走出後門，出芝公園，就到寓所，這一條路稱得起城市山林，別有風致，但是一到傍晚後門就關上了，所以這在夜間是不能利用的。我對於這幾條道路不知怎的很有點留戀，這樣的例在本國卻還不多，只有在南京學校的時候，禮拜日放假往城南去玩，夜裡回來，從鼓樓到三牌樓馬路兩旁都是高大的樹，濃陰覆地，闃無人聲，彷彿隨時可以有綠林豪客攛出來的樣子，我們二三同學獨在這中間且談且走，雖是另外一種情景，卻也還深深記得，約略可以相比耳。

我留學日本是在明治末期，所以我所知道，感覺喜歡的，也還只是明治時代的日本。說是日本，其實除東京外不曾走過什麼地方，所以說到底這又只是以明治末年的東京為代表的日本，這在當時或者不妨如此說，但在現今當然不能再是這樣了。我們明白，三十幾年來的日本已經大有改變，進步很大，但這是論理的話，若是論情，則在回想裡最可念的自然還是舊的東京耳。民國二十三年夏天我因學校休假同內人往東京閒住了兩個月，看了大震災後偉大的復興，一面很是佩服，但是一面卻特地去找地震時沒有被毀的地區，在本鄉菊坂町的旅館寄寓，因為我覺得到日本去住洋房吃麵包不是我的本意。這一件小事可以知道我們的情緒是如何傾於守舊。我的書架上有一部《東京案內》，兩大冊，明治四十年東京市編纂，裳華房出板的，書是很舊了，卻是懷舊的好資料。在這文章寫的時候，拿出書來看著，不知怎的覺得即在大東亞戰爭之下，在東亞也還是「西洋的」在占勢力，於今來寫東洋的舊式的回憶，實在也只是「悲哀的玩具」而已。

寂寞之上沒有更上的寂寞

《自己的園地》舊序

這一集裡分有三部，一是《自己的園地》十八篇，一九二二年所作，二是《綠洲》十五篇，一九二三年所作，三是雜文二十篇，除了《兒童的文學》等三篇外，都是近兩年內隨時寫下的文章。

這五十三篇小文，我要申明一句，並不是什麼批評。我相信批評是主觀的欣賞不是客觀的檢察，是抒情的論文不是盛氣的指摘；然而我對於前者實在沒有這樣自信，對於後者也還要有一點自尊，所以在真假的批評兩方面都不能比附上去。簡單的說，這只是我的寫在紙上的談話，雖然有許多地方更為生硬，但比口說或者也更為明白一點了。

大前年的夏天，我在西山養病的時候，曾經做過一條雜感曰〈勝業〉，說因為「別人的思想總比我的高明，別人的文章總比我的美妙」，所以我們應該少作多譯，這才是勝業。荏苒三年，勝業依舊不修，卻寫下了幾十篇無聊的文章，說來不免慚愧，但是仔細一想，也未必然。我們太要求不朽，想於社會有益，就太抹殺了自己；其實不朽絕不是著作的目的，有益社會也並非著者的義務，只因他是這樣想，要這樣說，這才是一切文藝存在的根據。我們的思想無論如何淺陋，文章如何平凡，但自己覺得要說時便可以大膽的說出來，因為文藝只是自己的表現，所以凡庸的文章正是凡庸的人的真表現，比講高雅而虛偽的話要誠實的多了。

世間欺侮天才，欺侮著而又崇拜天才的世間也並輕蔑庸人。人們不願聽荒野的叫聲，然而對於酒後茶餘的談笑，又將憑了先知之名去加以喝斥。這都是錯的。我想，世人的心與口如不盡被虛偽所封鎖，我願意傾聽「愚民」的自訴衷曲，當能得到如大藝術家所能給予的同樣的慰安。我是愛好文藝者，我想在文藝裡理解別人的心情，在文藝裡找出自己的心情，得到被理解的愉快。在這一點上，如能得到滿足，我總是感謝的。所以我享樂 —— 我想 —— 天才的創造，也享樂庸人的談話。世界的批評家法蘭西（Anatole France）在《文學生活》（第一卷）上說：

> 著者說他自己的生活，怨恨，喜樂與憂患的時候，他並不使我們覺得厭倦。……
>
> 因此我們那樣的愛那大人物的書簡和日記，以及那些人所寫的，他們即使並不是大人物，只要他們有所愛，有所信，有所望，只要在筆尖下留下了他們自身的一部分。若想到這個，那庸人的心的確即是一個驚異。

我自己知道這些文章都有點拙劣生硬，但還能說出我所想說的話；我平常喜歡尋求友人談話，現在也就尋求想像的友人，請他們聽我的無聊賴的閒談。我已明知我過去的薔薇色的夢都是虛幻，但我還在尋求 —— 這是生人的弱點 —— 想像的友人，能夠理解庸人之心的讀者。我並不想這些文章會於別人有什麼用處，或者可以給予多少怡悅；我只想表現凡庸的自己的一部分，此外並無別的目的。因此我把近兩年的文章都收在裡邊，除了許多諷刺的「雜感」以及不愜意的一兩篇論文；其中也有近於遊戲的文字，如〈山中雜信〉等，本是「雜感」一類，但因為這也可以見我的一種癖氣，所以將他收在本集裡了。

我因寂寞，在文學上尋求慰安，夾雜讀書，胡亂作文，不值學人之一笑，但在自己總得了相當的效果了。或者國內有和我心情相同的人，便將這本雜集呈獻與他；倘若沒有，也就罷了。── 反正寂寞之上沒有更上的寂寞了。

自己的園地

一百五十年前，法國的福祿特爾做了一本小說《亢迭特》(*Candide*)，敘述人世的苦難，嘲笑「全舌博士」的樂天哲學。亢迭特與他的老師全舌博士經了許多憂患，終於在土耳其的一角裡住下，種園過活，才能得到安住。亢迭特對於全舌博士的始終不渝的樂天說，下結論道，「這些都是很好，但我們還不如去耕種自己的園地。」這句格言現在已經是「膾炙人口」，意思也很明白，不必再等我下什麼註腳。但是我現在把他抄來，卻有一點別的意義。所謂自己的園地，本來是範圍很寬，並不限定於某一種：種果蔬也罷，種藥材也罷，── 種薔薇地丁也罷，只要本了他個人的自覺，在他認定的不論大小的地面上，應了力量去耕種，便都是盡了他的天職了。在這平淡無奇的說話中間，我所想要特地申明的，只是在於種薔薇地丁也是耕種我們自己的園地，與種果蔬藥材，雖是種類不同而有同一的價值。

我們自己的園地是文藝，這是要在先聲明的。我並非厭薄別種活動而不屑為，—— 我平常承認各種活動於生活都是必要；實在是小半由於沒有這樣的材能，大半由於缺少這樣的趣味，所以不得不在這中間定一個去就。但我對於這個選擇並不後悔，並不慚愧園地的小與出產的薄弱而且似乎無用。依了自己的心的傾向，去種薔薇地丁，這是尊重個性的正當辦法，即使如別人所說各人果真應報社會的恩，我也相信已經報答了，因為社會不但需要果蔬藥材，卻也一樣迫切的需要薔薇與地丁，—— 如有蔑視這些的社會，那便是白痴的，只有形體而沒有精神生活的社會，我們沒有去顧視他的必要。倘若用了什麼名義，強迫人犧牲了個性去侍奉白痴的社會，—— 美其名曰迎合社會心理，—— 那簡直與借了倫常之名強人忠君，借了國家之名強人戰爭一樣的不合理了。

有人說道，據你所說，那麼你所主張的文藝，一定是人生派的藝術了。泛稱人生派的藝術，我當然是沒有什麼反對，但是普通所謂人生派是主張「為人生的藝術」的，對於這個我卻有一點意見。「為藝術的藝術」將藝術與人生分離，並且將人生附屬於藝術，至於如王爾德的提倡人生之藝術化，固然不很妥當；「為人生的藝術」以藝術附屬於人生，將藝術當作改造生活的工具而非終極，也何嘗不把藝術與人生分離呢？我以為藝術當然是人生的，因為他本是我們感情生活的表現，叫他怎能與人生分離？「為人生」——於人生有實利，當然也是藝術本有的一種作用，但並非唯一的職務。總之藝術是獨立的，卻又原來是人性的，所以既不必使他隔離人生，又不必使他服侍人生，只任他成為渾然的人生的藝術便好了。「為藝術」派以個人為藝術的工匠，「為人生」派以藝術為人生的僕役；現在卻以個人為主人，表現情思而成藝術，即為其生活之一部，初不為福利他人而作，而他人接觸這藝術，得到一種共鳴與感興，使其精神生活充實而豐富，又即以為實生活的基本；這是人生的藝術的要點，有獨立的藝術美與無形的功利。我所說的薔薇地丁的種作，便是如此：有些人種花聊以消遣，有些人種花志在賣錢，真種花者以種花為其生活，——而花亦未嘗不美，未嘗於人無益。

談天

人是合群的動物，他最怕的是孤獨。人生在世上，負著兩重的義務，一是種族的生存，一是個體的生存。古人說過，孤陽不生，孤陰不長，欲求種族的生存，孤獨固然是不行，就是個體的生存，也須得眾人著力，才能維持，幾萬年來的經驗便養成了愛群的習性。除了參禪坐關，做苦功學道的人以外，誰都不能安於寂寞，總喜歡和人往來，談不關緊要的天，我們大家坐航船，坐茶店時的情形，頂明白的可以看得出來。這種談話看去似乎是閒扯淡，白耗費時光的，其實也並不然，倒是頗有意義的。普通談話的內容很是凌亂複雜，但在聽眾的立場說來，從那裡所得到來的可以有這幾種東西。一是事實，不管這是趙匡胤的龍虎鬥，泥馬渡康王，或是紅燈照的女人，桃花山的好漢，傳說也罷，謠言也罷，都歸入舊聞新聞一類，因為此外得不著正當的報導。二是論理，從大家的閱歷上得到的教訓，是很好的參考，至於這多是適應封建社會的，那是時代如此，也是不得已的。三是娛樂，說故事講笑話固然是的，便是大家發表自己的意見與感情，在融和的空氣之中，聽的說的都感得一種滿足。這樣看來，談話的作用原是很好的，問題只在把內容弄好，就可以有好的結果。我們寫些小文章，自然一部分原因由於「以工代賑」，實也別有供求關係，因為這是風乾的談話，是供喜歡談天的人不時之需的，需求總是存在，只要供給者能有不害衛生的貨色拿出來，不誤主顧就好了。

唁辭

昨日傍晚，妻得到孔德學校的陶先生的電話，只是一句話，說：「齊可死了——」齊可是那邊的十年級學生，聽說因患膽石症，往協和醫院乞治，後來因為待遇不親切，改進德國醫院，於昨日施行手術，遂不復醒。她既是校中高年級生，又天性豪爽而親切，我家的三個小孩初上學校，都很受她的照管，好像是大姊一樣，這回突然死別，孩子們雖然驚駭，卻還不能了解失卻他們老朋友的悲哀，但是妻因為時常往學校也和她很熟，昨天聞信後為茫然久之，一夜都睡不著覺，這實在是無怪的。

死總是很可悲的事，特別是青年男女的死，雖然死的悲痛不屬於死者而在於生人。照常識看來，死是還了自然的債，與生產同樣地嚴肅而平凡，我們對於死者所應表示的是一種敬意，猶如我們對於走到標竿下的競走者，無論他是第一者或是中途跌過幾跤而最終走到。在中國現在這樣的狀況之下，「死之讚美者」的話未必全無意義，那麼「年華雖短而憂患亦少」也可以說是好事，即使尚未能及未見日光者的幸福。然而在死者縱使真是安樂，在生人總是悲痛。我們哀悼死者，並不一定是在體察他滅亡之苦痛與悲哀，實在多是引動追懷，痛切地發生今昔存歿之感。無論怎樣地相信神滅，或是厭世，這種感傷恐終不易擺脫。日本詩人小林一茶在《俺的春天》裡記他的女兒聰女之死，有這幾句：

……她遂於六月二十一日與蕣華同謝此世。母親抱著死兒的臉荷荷的大哭，這也是難怪的了。到了此刻，雖然明知逝水不歸，落花不再返枝，但無論怎樣達觀，終於難以斷念的，正是這恩愛的羈絆。詩曰：

露水的世呀，
雖然是露水的世，
雖然是如此。

雖然是露水的世，然而自有露水的世的回憶，所以仍多哀感。梅特林克在《青鳥》上有一句平庸的警句曰：「死者生存在活人的記憶上。」齊女士在世十九年，在家庭學校，親族友朋之間，當然留下許多不可磨滅的印象，隨在足以引起悲哀，我們體念這些人的心情，實在不勝同情，雖然別無勸慰的話可說。死本是無善惡的，但是它加害於生人者卻非淺鮮，也就不能不說它是惡的了。

不知道人有沒有靈魂，而且恐怕以後也永不會知道，但我對於希冀死後生活之心情覺得很能了解。人在死後倘尚有靈魂的存在如生前一般，雖然推想起來也不免有些困難不易解決，但固此不特可以消除滅亡之恐怖，即所謂恩愛的羈絆，也可得到適當的安慰。人有什麼不能滿足的願望，輒無意地投影於儀式或神話之上，正如表示在夢中一樣。傳說上李夫人楊貴妃的故事，民俗上童男女死後被召為天帝侍者的信仰，都是無聊之極思，卻也是真的人情之美的表現：我們知道這是迷信，但我確信這樣虛幻的迷信裡也自有美與善的分子存在。這於死者的家人親友是怎樣好的一種慰藉，倘若他們相信 —— 只要能夠相信，百歲之後，或者乃至夢中夜裡，仍得與已死的親愛者相聚，相見！然而，可惜我們不相應地受到了科學的灌洗，既失卻先人的可祝福的愚蒙，又沒有養成畫廊派哲人的超絕的堅忍，其結果是恰如牙根裡露出的神經，因了冷風熱氣隨時益增其痛楚。對於幻滅的現代人之遭逢不幸，我們於此更不得不特別表示同情之意。

我們小女兒若子生病的時候，齊女士很惦念她；現在若子已經好起來，還沒有到學校去和老朋友一見面，她自己卻已不見了。日後若干回憶起來時，也當永遠是一件遺恨的事吧。

十字街頭的塔

廚川白村著有兩本論文集，一本名《出了象牙之塔》，又有一本名為《往十字街頭》，表示他要離了純粹的藝術而去管社會事情的態度。我現在模仿他說，我是在十字街頭的塔裡。

我從小就是十字街頭的人。我的故里是華東的西朋坊口，十字街的拐角有四家店鋪，一個麻花攤，一爿矮癩胡所開的泰山堂藥店，一家德興酒店，一間水果店，我們都稱這店主人為華佗，因為他的水果奇貴有如仙丹。以後我從這條街搬到那條街，吸盡了街頭的空氣，所差者只沒有在相公殿裡宿過夜，因此我雖不能稱為道地的「街之子」，但總是與街有緣，並不是非戴上耳朵套不能出門的人物，我之所以喜歡多事，缺少紳士態度，大抵即由於此，從前祖父也罵我這是下賤之相。話雖如此，我自認是引車賣漿之徒，卻是要亂想的一種，有時想掇個凳子坐了默想一會，不能像那些「看看燈的」人們長站在路旁，所以我的卜居不得不在十字街頭的塔裡了。

說起塔來，我第一想到的是故鄉的怪山上的應天塔。據說瑯琊郡的東武山，一夕飛來，百姓怪之，故曰怪山，後來怕它又要飛去，便在上邊造了一座塔。開了前樓窗一望，東南角的一幢塔影最先映到眼裡來，中元前後塔上滿點著老太婆們好意捐助去照地獄的燈籠，夜裡望去更是好看。可惜在宣統年間塔竟因此失了火，燒得只剩了一個空殼，不能再容老太婆上去點燈籠了，十年前我曾同一個朋友去到塔下徘徊過一番，拾了一塊斷磚，磚端有陽文楷書六字曰「護國禪師月江」，—— 終於也沒有查出這位和尚是什麼人。

但是我所說的塔，並不是那「窣堵波」，或是「救人一命勝造七級浮圖」的那件東西，實在是像望臺角樓之類，在西國稱作 —— 用了大眾歡迎的習見的音義譯寫出來 —— 「塔圍」的便是；非是異端的，乃是帝國主義的塔。浮圖裡靜坐默想本頗適宜，現在又什麼都正在佛化，住在塔裡也很時髦，不過我的默想一半卻是口實，我實是想在喧鬧中得安全地，有如前門的珠寶店之預備著鐵門，雖然廊房頭條的大樓別有禳災的象徵物。我在十字街頭久混，到底還沒有入他們的幫，擠在市民中間，有點不舒服，也有點危險（怕被他們擠壞我的眼鏡），所以最好還是坐在角樓上，喝過兩斤黃酒，望著馬路吆喝幾聲，以出心中悶聲，不高興時便關上樓窗，臨寫自己的《九成宮》，多麼自由而且寫意。寫到這裡忽然想起歐洲中古的民間傳說，木板畫上表出哈多主教逃避怨鬼所化的鼠妖，躲在荒島上好像大煙通似的磚塔內，露出頭戴僧冠的上半身在那裡著急，一大隊老鼠都渡水過來，有幾隻大老鼠已經爬上塔頂去了，—— 後來這位主教據說終於被老鼠們吃下肚去。你看，可怕不可怕？這樣說來，似乎那種角樓又不很可靠了。但老鼠可進，人則不可進，反正我不去結怨於老鼠，也就沒有什麼要緊。我再想到前門外鐵柵門之安全，覺得我這塔也可以對付，倘若照雍濤先生的格言亭那樣建造，自然更是牢固了。

別人離了象牙的塔走往十字街頭，我卻在十字街頭造起塔來住，未免似乎取巧罷？我本不是任何藝術家，沒有像牙或牛角的塔，自然是站在街頭的了，然而又有點怕累，怕擠，於是只好住在臨街的塔裡，這是自然不過的事。只是在現今中國這種態度最不上算，大眾看見塔，便說這是智識階級（就有罪），紳士商賈見塔在路邊，便說這是黨人（應取締）。不過這也沒有什麼妨害，還是如水竹村人所說「聽其自然」，不去管它好罷，反正這些閒話都靠不住也不會久的。老實說，這塔與街本來並非不相干的東西，不問世事而縮入塔裡原即是對於街頭的反動，出在街頭說道工作的人也仍有他們的塔，因為他們自有其與大眾乖戾的理想。總之只有預備跟著街頭的群眾去瞎撞胡混，不想依著自己的意見說一兩句話的人，才真是沒有他的塔。所以我這塔也不只是我一個人有，不過這個名稱是由我替他所取的罷了。

關於命運

我近來很有點相信命運。那麼難道我竟去請教某法師某星士，要他指點我的流年或終身的吉凶麼？那也未必。這些要知道我自己都可以知道，因為知道自己應該無過於自己。我相信命運，所憑的不是吾家易經神課，卻是人家的科學術數。我說命，這就是個人的先天的質地，今云遺傳。我說運，是後天的影響，今云環境。二者相乘的結果就是數，這個字讀如數學之數，並非虛無縹緲的話，是實實在在的一個數目，有如從甲乙兩個已知數做出來的答案，雖曰未知數而實乃是定數也。要查這個定數須要一本對數表，這就是歷史。好幾年前我就勸人關門讀史，覺得比讀經還要緊還有用，因為經至多不過是一套準提咒罷了，史卻是一座孽鏡臺，他能給我們照出前因後果來也。我自己讀過一部《綱鑒易知錄》，覺得得益匪淺，此外還有《明季南北略》和《明季稗史彙編》，這些也是必讀之書，近時印行的《南明野史》可以加在上面，蓋因現在情形很像明季也。

日本永井荷風著《江戶藝術論》十章，其〈浮世繪之鑒賞〉第五節論日本與比利時美術的比較，有云：

我反省我自己是什麼呢，我非威耳哈倫（Verhaeren）似的比利時人而是日本人也，生來就和他們的運命及境遇迥異的東洋人也。戀愛的至情不必說了，凡對於異性之性慾的感覺悉視為最大的罪惡，我輩即奉戴著此法制者也。承受「勝不過啼哭的小孩和地主」的教訓的人類也，知道「說話則唇寒」的國民也。使威耳哈倫感奮的那滴著鮮血的肥羊肉與芳醇的蒲桃酒與強壯的婦女的繪畫，都於我有什麼用呢。嗚呼，我愛浮世繪。苦海十年為親賣身的遊女的繪姿使我泣。憑倚竹窗茫然看著流水的藝妓的姿態使我喜。賣宵夜麵的紙燈寂寞地停留在河邊的夜景使我醉。雨夜啼月的杜鵑，陣雨中散落的秋天木葉，落花飄風的鐘聲，途中日暮的山路的雪，凡是無常無告無望的，使人無端嗟嘆此世只是一夢的，這樣的一切東西，於我都是可親，於我都是可懷。

又第三節中論江戶時代木板畫的悲哀的色彩云：

> 這暗示出那樣黑暗時代的恐怖與悲哀與疲勞，在這一點上我覺得正如聞娼婦啜泣的微聲，深不能忘記那悲苦無告的色調。我與現社會相接觸，常見強者之極其強暴而感到義憤的時候，想起這無告的色彩之美，因了潛存的哀訴的旋律而將黑暗的過去再現出去，我忽然了解東洋固有的專制的精神之為何，深悟空言正義之不免為愚了。希臘美術發生於以亞坡隆為神的國土，浮世繪則由與蟲豸同樣的平民之手製作於日光晒不到的小胡同的雜院裡。現在雖云時代全已變革，要之只是外觀罷了。若以合理的眼光一看破其外皮，則武斷政治的精神與百年以前毫無所異。江戶木板畫之悲哀的色彩至今全無時間的間隔，深深沁入我們的胸底，常傳親密的私語者，蓋非偶然也。

荷風寫此文時在大正二年（一九一三）正月，已發如此慨嘆，二十年後的今日不知更怎麼說，近幾年的政局正是明治維新的平反，「幕府」復活，不過是以階級而非一家系的，豈非建久以來七百餘年的征夷大將軍的威力太大，六十年的尊王攘夷的努力絲毫不能動搖，反而自己沒落了麼？以上是日本的好例。

我們中國又如何呢？我說現今很像明末，雖然有些熱心的文人學士聽了要不高興，其實是無可諱言的。我們且不談那建夷，流寇，方鎮，宦官以及饑荒等，只說八股和黨社這兩件事罷。清許善長著《碧聲吟館談麈》卷四有論八股一則，中有云：

功令以時文取士，不得不為時文。代聖賢立言，未始不是，然就題作文，各肖口吻，正如優孟衣冠，於此而欲徵其品行，覘其經濟，真隔膜矣。盧抱經學士云，時文驗其所學而非所以為學也，自是通論。至景範之言曰，秦坑儒不過四百，八股坑人極於天下後世，則深惡而痛疾之也。明末東林黨禍慘酷尤烈，竟謂天子可欺，九廟可毀，神州可陸沉，而門戶體面絕不可失，終止於亡國敗家而不悔，雖曰氣運使然，究不知是何居心也。

明季士大夫結黨以講道學，結社以作八股，舉世推重，卻不知其於國家有何用處，如許氏說則其為害反是很大。明張岱的意見與許氏同，其〈與李硯翁書〉云：

夫東林自顧涇陽講學以來，以此名目禍我國家者八九十年，以其黨升沉用占世數興敗，其黨盛則為終南之捷徑，其黨敗則為元祐之黨碑，風波水火，龍戰於野，其血玄黃，朋黨之禍與國家相為終始。蓋東林首事者實多君子，竄入者不無小人，擁戴者皆為小人，招來者亦有君子。……東林之中，其庸庸碌碌者不必置論，如貪婪強橫之王圖，奸險凶暴之李三才，闖賊首輔之項煜，上籤勸進之周鐘，以至竄入東林，乃欲俱奉之以君子，則吾臂可斷絕不敢徇情也。東林之尤可醜者，時敏之降闖賊曰，「吾東林時敏也」，以冀大用。魯王監國，蕞爾小朝廷，科道任孔當輩猶曰，「非東林不可進用」，則是東林二字直與蕞爾魯國及汝偕亡者。

明朝的事歸到明朝去，我們本來可以不管，可是天下事沒有這樣如意，有些痴顛惡疾都要遺傳，而惡與癖似亦不在例外：

我們畢竟是明朝人的子孫，這筆舊帳未能一筆勾消也。—— 雖然我可以聲明，自明正德時始遷祖起至於現今，吾家不曾在政治文學上有過什麼作為，不過民族的老帳我也不想賴，所以所有一切好壞事情仍然擔負四百兆分之一。

我們現在且說寫文章的。代聖賢立言，就題作文，各肖口吻，正如優孟衣冠，是八股時文的特色，現今有多少人不是這樣的？功令以時文取士，豈非即文藝政策之一面，而又一面即是文章報國乎？讀經是中國固有的老嗜好，卻也並不與新人不相容，不讀這一經也該讀別一經的。近來聽說有單罵人家讀《莊子》、《文選》的，這必有甚深奧義，假如不是對人非對事。這種事情說起來很長，好像是專找拿筆桿的開玩笑，其實只是借來作個舉一反三的例罷了。萬物都逃不脫命運。我們在報紙上常看見槍斃毒犯的新聞，有些還高興去附加一個照相的插圖。毒販之死於厚利是容易明了的，至於再吸犯便很難懂，他們何至於愛白面過於生命呢？第一，中國人大約特別有一種麻醉享受性，即俗云嗜好。第二，中國人富的閒得無聊，窮的苦得不堪，以麻醉消遣。有友好之勸酬，有販賣之便利，以麻醉玩弄。衛生不良，多生病痛，醫藥不備，無法治療，以麻醉救急。如是乃上癮，法寬則蔓延，法嚴則駢誅矣。此事為外國或別的殖民地所無，正以此種癖性與環境亦非別處所有耳。我說麻醉享受性，殊有杜撰生造之嫌，此正亦難免，但非全無根據，如古來的唸咒畫符讀經惜字唱皮黃做八股叫口號貼標語皆是也，或以意，或以字畫，或以聲音，均是自己麻醉，而以藥劑則是他力麻醉耳。考慮中國的現在與將來的人士必須要對於他這可怕的命運知道畏而不懼，不諱言，敢正視，處處努力要抓住它的尾巴而不為所纏繞住，才能獲得明智，死生吉凶全能了知，然而此事大難，真真大難也。

我們沒有這樣本領的只好消極地努力，隨時反省，不能減輕也總不要去增長累世的惡業，以水為鑒，不到政治文學壇上去跳舊式的戲，庶幾下可對得起子孫，雖然對於祖先未免少不肖，然而如孟德斯鳩臨終所言，吾力之微正如帝力之大，無論怎麼掙扎不知究有何用？日本失名的一句小詩云：

蟲呵蟲呵，難道你叫著，「業」便會盡了麼？

偉大的捕風

我最喜歡讀《舊約》裡的〈傳道書〉。傳道者劈頭就說：「虛空的虛空」，接著又說道，「已有的事後必再有，已行的事後必再行。日光之下並無新事。」這都是使我很喜歡讀的地方。

中國人平常有兩種口號，一種是說人心不古，一種是無論什麼東西都說古已有之。我偶讀拉瓦爾（Lawall）的《藥學四千年史》，其中說及世界現存的埃及古文書，有一卷是基督前二千二百五十年的寫本（照中國算來大約是舜王爺登基的初年），裡邊大發牢騷，說人心變壞，不及古時候的好云云，可見此乃是古今中外共通的意見，恐怕那天雨粟時夜哭的鬼的意思也是如此吧。不過這在我無從判斷，所以只好不贊一詞，而對於古已有之說則頗有同感，雖然如說潛艇即古之螺舟，輪船即隋煬帝之龍舟等類，也實在不敢恭維。我想，今有的事古必已有，說的未必對，若云已行的事後必再行，這似乎是無可疑的了。

世上的人都相信鬼，這就證明我所說的不錯。普通鬼有兩類。一是死鬼，即有人所謂幽靈也，人死之後所化，又可投生為人，輪迴不息。二是活鬼，實在應稱殭屍，從墳墓裡再走到人間，《聊齋》裡有好些他的故事。此二者以前都已知道，最近又有人發見一種，即梭羅古勃（Sologub）所說的「小鬼」，俗稱當云遺傳神君，比別的更是可怕了。易卜生在《群鬼》這本劇中，曾借了阿爾文夫人的口說道，「我覺得我們都是鬼。不但父母傳下來的東西在我們身體裡活著，並且各種陳舊的思想信仰這一類的東西也都存留在裡頭。雖然不是真正的活著，但是埋伏在內也是一樣。我們永遠不要想脫身。有時候我拿起張報紙來看，我眼裡好像看見有許多鬼在兩行字的夾縫中間爬著。世界上一定到處都有鬼。他們的數目就像沙粒一樣的數不清楚。」（引用潘家洵先生譯文）我們參照法國呂滂（Le Bon）的《民族發展之心理》，覺得這小鬼的存在是萬無可疑，古人有什麼守護天使，三屍神等話頭，如照古已有之學說，這豈不就是一則很有趣味的筆記材料麼？

無緣無故疑心同行的人是活鬼，或相信自己心裡有小鬼，這不但是迷信之尤，簡直是很有發瘋的意思了。然而沒有法子。只要稍能反省的朋友，對於世事略加省察，便會明白，現代中國上下的言行，都一行行地寫在二十四史的鬼帳簿上面。畫符，唸咒，這豈不是上古的巫師，蠻荒的「藥師」的勾當？但是他的生命實在是天壤無窮，在無論哪一時代，還不是一樣地在青年老年，公子女公子，諸色人等的口上指上乎？即如我胡亂寫這篇東西，也何嘗不是一種鬼畫符之變相？只此一例足矣！

已有的事後必再有，已行的事後必再行，此人生之所以為虛空的虛空也歟？傳道者之厭世蓋無足怪。他說，「我又專心察明智慧狂妄和愚昧，乃知這也是捕風，因為多有智慧就多有愁煩，加增知識就加增憂傷。」話雖如此，對於虛空的唯一的辦法其實還只有虛空之追跡，面對於狂妄與愚昧之察明乃是這虛無的世間第一有趣味的事，在這裡我不得不和傳道者的意見分歧了。勃闌特思（Brandes）批評弗羅倍爾（Flaubert）說他的性格是用兩種分子合成，「對於愚蠢的火烈的憎惡，和對於藝術的無限的愛。這個憎愛，與凡有的憎惡一例，對於所憎惡者感到一種不可抗的牽引。各種形式的愚蠢，如愚行迷信自大不寬容都磁力似的吸引他，感發他。他不得不一件件的把他們描寫出來。」我聽說從前張獻忠舉行殿試，試得一位狀元，十分寵愛，不到三天忽然又把他「收拾」了，說是因為實在「太心愛這小子」的緣故，就是平常人看見可愛的小孩或女人，也恨不得一口水吞下肚去，那麼倒過來說，憎惡之極反而喜歡，原是可以，殆正如金聖歎說，留得三四癩瘡，時呼熱湯關門澡之，亦是不亦快哉之一也。

察明同類之狂妄和愚昧，與思索個人的老死病苦，一樣是偉大的事業，積極的人可以當一種重大的工作，在消極的也不失為一種有趣的消遣。虛空盡由它虛空，知道它是虛空，而又偏去追跡，去察明，那麼這是很有意義的，這實在可以當得起說是偉大的捕風。法儒巴思加耳（Pascal）在他的《感想錄》上曾經說過：

人只是一根蘆葦，世上最脆弱的東西，但他是一根會思想的蘆葦。這不必要世間武裝起來，才能毀壞他。只須一陣風，一滴水，便足以弄死他了。但即使宇宙害了他，人總比他的加害者還要高貴，因為他知道他是將要死了，知道宇宙的優勝，宇宙卻一點不知道這些。

兩個鬼的文章

鄙人讀書於今五十年，學寫文章亦四十年矣，累計起來已有九十年，而學業無成，可為嘆息。但是不論成敗，經驗總是事實，可以說是功不唐捐的，有如買舊墨買石章，花了好些冤錢，不曾得到甚麼好東西，可是這雙眼睛磨煉出來一點功夫，能夠辨別好壞了，因為他知道花錢買了些次貨，即此便是證據。我以數十年的光陰用在書卷筆墨上面，結果只得到這一個覺悟，自己的文章寫不好，古人的思想可取的也不多。這明明是一個失敗，但這失敗是很值得的，比起古今來自以為成功的人，總是差勝一籌了。陸放翁〈冬夜對書卷有感〉詩中有句云：「萬卷雖多當具眼，一言唯恕可銘膺。」這話說得很好，可是兩句話須是分開來說，恕字終身可行，是屬於處世接物的事，若是讀書既當具眼，就萬不能再客氣，固然不可故意苛刻，總之要有自信，看了貴人和花子同樣不眨眼的態度。以前讀《論語》，多少還徇俗論，特別看重他，近來覺得這態度不誠實，就改正了，黃式三的《論語後案》我以為頗好，但仔細閱過之後，我想這也是諸子之一，與老莊佛經都有可取處，若要作為現代國民的經訓缺漏甚多，雖然原是儒家思想的重要史料。看古人的言論，有如披沙揀金，並不是全無所得，卻是非常苦勞，而且略不當心，便要上當，不但認魚目為明珠，見笑大方，或者誤食蟛蜞，有中毒之危險。我以多年的苦辛，於此頗有所見，古人云，只可自怡悅，不堪持贈君，今則持贈固難得解人，中國事情想來很多懊惱，因此亦不見得可怡悅。只是生為中國人，關於中國的思想文章總該知道個大概，現在既能以自力略為辨別，不落前人的窠臼，未始不是可喜的事也。

我所寫的文章都是小篇，所以篇數頗多，至於自己覺得滿意的實在也沒有，所以文章是自己的好，這句成語在我並不一定是確實的。人家看來不知道是如何？這似乎有兩種說法。其一是說我所寫的都是談喫茶喝酒的小品文，不是革命的，要不得。其二又說可惜少寫談喫茶喝酒的文章，卻愛講那些顧亭林所謂國家治亂之原，生民根本之計，與文學離得太遠。這兩派對我的看法迥異，可是看重我的閒適的小文，在這一點上是意見相同的。我的確寫了些閒適文章，但同時也寫正經文章，而這正經文章裡面更多的含有我的思想和意見，在自己更覺得有意義。甲派的朋友認定閒適文章做目標，至於別的文章一概不提，乙派則正相反，他明白看出這兩類文章，卻是賞識閒適的在正經文章之上。因為各人的愛好不同，原亦言之成理，我不好有甚麼異議，但這一點說明似乎必要。我寫閒適文章，確是喫茶喝酒似的，正經文章則彷彿是饅頭或稻米飯。在好些年前我做了一篇小文，說我的心中有兩個鬼，一個是流氓鬼，一個是紳士鬼。這如說得好一點，也可以說叛徒與隱士，但也不必那麼說，所以只說流氓與紳士就好了。我從民國八年在《每週評論》上寫〈祖先崇拜〉和〈思想革命〉兩篇文章以來，意見一直沒有甚麼改變，所主張的是革除三綱主義的倫理以及附屬的舊禮教舊氣節舊風化，等等，這種態度當然不能為舊社會的士大夫所容，所以只可自承是流氓的。《談虎集》上下兩冊中所收自〈祖先崇拜〉起，以至《永日集》的〈閉戶讀書論〉止，前後整十年間亂說的真不少，那時北京正在混亂黑暗時期，現在想起來，居然容得這些東西印出來，當局的寬大也總是難得的了。但是雜文的名譽雖然好，整天罵人雖然可以出氣，久了也會厭足，而且我不主張反攻的，一件事來回的指摘論難，這種細巧工作非我所堪，所以天性不能改變，而興趣則有轉移，有時想寫點閒適的所謂小品，聊以消遣，這便是紳士鬼出頭來的時候了。話雖如此，這樣的兩個段落也並不分得清，有時是綜錯間隔的，在個人固然有此不同的嗜好，在工作上也可以說是調劑作用，所以要指定那個時期專寫閒適或正經文章，實在是不可能的事。去年寫過一篇〈燈下讀書論〉，與十七年所寫的〈閉戶讀書論〉相比，時間相隔十有六年，卻是同樣的正經文章，而在這中間寫了不少零碎文字，性質很不一律，正是一個好例。

民國十四年《雨天的書》序中說：

我平素最討厭的是道學家，豈知這正因為自己是一個道德家的緣故。我想破壞他們的偽道德不道德的道德，其實卻同時非意識地想建設起自己所信的新的道德來。

三十三年《苦口甘口》序中又云：

我一直不相信自己能寫好文章，如或偶有可取，那麼所可取者也當在於思想而不是文章。總之我是不會做所謂純文學的，我寫文章總是有所為，於是不免於積極，這個毛病大約有點近於吸大煙的癮，雖力想戒除而甚不容易，但想戒的心也常是存在的。

這也可以算作一例，其間則相差有二十個年頭了。我未嘗不知道謙虛是美德，也曾努力想學，但又相信過謙也就是不誠實，所以有時不敢不直說，特別是自己覺得知之為知之的時候，雖然彷彿似乎不謙虛也是沒有法子。自從《新青年》、《每週評論》及《語絲》以來，不斷的有所寫作，我自信這於中國不是沒意義的事，當時有陳獨秀錢玄同魯迅諸人也都盡力於這個方向，現今他們已經去世了，新起來的自當有人，不過我孤陋寡聞不曾知道。做這種工作並不是圖甚麼名與利，世評的好壞全不足計較，只要他認識得真，就好。我自己相信，我的反禮教思想是集合中外新舊思想而成的東西，是自己誠實的表現，也是對於本國真心的報謝，有如道士或狐所修煉得來的內丹，心想獻出來，人家收受與否那是別一問題，總之在我是最貴重的貢獻了。至於閒適的小品我未嘗不寫，卻不是我主要的工作，如上文說過，只是為消遣或調劑之用，偶爾涉筆而已。外國的作品，如英吉利法蘭西的隨筆，日本的俳文，以及中國的題跋筆記，平素也稍涉獵，很是愛好，不但愛誦，也想學了做，可是自己知道性情才力都不及，寫不出這種文字，只有偶然撰作一二篇，使得思路筆調變換一下，有如飯後喝一杯濃普洱茶之類而已。這種文章材料難找，調理不易。其實材料原是遍地皆是，牛溲馬勃只要使用得好，無不是極妙文料，這裡便有作者的才情問題，實做起來沒有空說這樣容易了。我的學問根柢是儒家的，後來又加上些佛教的影響，平常的理想是中庸，布施度忍辱度的意思也頗喜歡，但是自己所信畢竟是神滅論與民為貴論，這便與詩趣相遠，與先哲疾虛妄的精神合在一起，對於古來道德學問的傳說發生懷疑，這樣雖然對於名物很有興趣，也總是賞鑒裡混有批判，幾篇《草木蟲魚》有的便是這種毛病，有的心想避免而生了別的毛病，即是平板單調。那種平淡而有情味的小品文我是向來仰慕，至今愛讀，也是極想仿做的，可是如上文所述實力不夠，一直未能寫出一篇滿意的東西來。以此與正經文章相比，那些文章也是同樣寫不好，但是原來不以文章為重，多少總已說得出我的思想來了，在我自己可以聊自滿足的了。乙派以為閒適的文章更好，希望我多作，未免錯認門面，有如雲南火腿店帶賣普洱茶，他便要求他專開茶棧，雖然原出好意，無奈棧房裡沒有這許多貨色，擺設不起來，此種實情與苦衷亦期望友人予以諒解者也。以店而論，我這店是兩個鬼品開的，而其股份與生意的分配究竟紳士鬼還只居其小部分，所以結果如此，亦正是為事實所限，無可如何也。

我不承認是文士，因為既不能寫純文學的文章，又最厭惡士流，即所謂清流名流者是也。中國的士大夫的遺傳性是言行不一致，所作的事是做八股、吸鴉片、玩小腳、爭權奪利，卻是滿口的禮教氣節，如大花臉說白，不再怕臉紅，振古如斯，於今為烈。人生到此，吾輩真以擺脫士籍，降於墮貧為榮幸矣。我又深自欣幸的是凡所言必由衷，非是自己真實相信以為當然的事理不敢說，而且說了的話也有些努力實行，這個我自己覺得是值得自誇的。其實這樣的做也只是人之常道，有如人不學狗叫或去咬干矢橛，算不得甚麼奇事，然而在現今卻不得不當作奇事說，這樣算來我的自誇也就很是可憐的了。我平常自己知道思想知識極是平凡，精神也還健全，不至於發瘋打人或自大稱王，可是近來仔細省察，乃覺得謙遜與自信同時並進，難道真將成為自大狂了麼？假如這樣下去，我很憂慮會使得我墮落。俗語云，無鳥村裡蝙蝠稱王。蝙蝠本何足道，可哀的是無鳥村耳，而蝙蝠乃幸或不幸而生於如是村，悲哉悲哉，蝙蝠如竟代燕雀而處於村之堂屋，則誠為蝙蝠與村的最大不幸矣。

真實是個多餘的人

閉戶讀書論

自唯物論興而人心大變。昔者世有所謂靈魂等物，大智固亦以輪迴為苦，然在凡夫則未始不是一種慰安，風流士女可以續未了之緣，壯烈英雄則曰，「二十年後又是一條好漢」。

但是現在知道人的性命只有一條，一失足成千古恨，再回頭已百年身，只有上聯而無下聯，豈不悲哉！固然，知道人生之不再，宗教的希求可以轉變為社會運動，不求未來的永生，但求現世的善生，勇猛地衝上前去，造成惡活不如好死之精神，那也是可能的。然而在大多數凡夫卻有點不同，他的結果不但不能砭頑起懦，恐怕反要使得懦夫有臥志了罷。「此刻現在」，無論在相信唯物或是有鬼論者都是一個危險時期。除非你是在做官，你對於現時的中國一定會有好些不滿或是不平。這些不滿和不平積在你的心裡，正如噎隔患者肚裡的「痞塊」一樣，你如沒有法子把他除掉，總有一天會斷送你的性命。那麼，有什麼法子可以除掉這個痞塊呢？我可以答說，沒有好法子。假如激烈一點的人，且不要說動，單是亂叫亂嚷起來，想出出一口鳥氣，那就容易有共黨朋友的嫌疑，說不定會同逃兵之流一起去正了法。有鬼論者還不過白折了二十年光陰，只有一副性命的就大上其當了。忍耐著不說呢，恐怕也要變成憂鬱病，倘若生在上海，遲早總跳進黃浦江裡去，也不管公安局釘立的木牌說什麼死得死不得。結局是一樣，醫好了煩悶就丟掉了性命，正如門板夾直了駝背。

那麼怎麼辦好呢？我看，苟全性命於亂世是第一要緊，所以最好是從頭就不煩悶。不過這如不是聖賢，只有做官的才能夠，如上文所述，所以平常下級人民是不能仿效的。其次是有了煩悶去用方法消遣。抽大煙，討姨太太，賭錢，住溫泉場等，都是一種消遣法，但是有些很要用錢，有些很要用力，寒士沒有力量去做。我想了一天才算想到了一個方法，這就是「閉戶讀書」。

記得在沒有多少年前曾經有過一句很行時的口號，叫做「讀書不忘救國」。其實這是很不容易的。西儒有言，二鳥在林不如一鳥在手，追兩兔者並失之。幸而近來「青運」已經停止，救國事業有人擔當，昔日轆轤體的口號今成截上的小題，專門讀書，此其時矣，閉戶云者，聊以形容，言其專一耳，非真辟札則不把卷，二者有必然之因果也。

但是，敢問讀什麼呢？《經》，自然，這是聖人之典，非讀不可的，而且聽說三民主義之源蓋出於《四書》，不特維禮教即為應考試計，亦在所必讀之列，這是無可疑的了。但我所覺得重要的還是在於乙部，即是四庫之史部。老實說，我雖不大有什麼歷史癖，卻是很有點歷史迷的。我始終相信《二十四史》是一部好書，他很誠懇地告訴我們過去曾如此，現在是如此，將來要如此。歷史所告訴我們的在表面的確只是過去，但現在與將來也就在這裡面了：正史好似人家祖先的神像，畫得特別莊嚴點，從這上面卻總還看得出子孫的面影，至於野史等更有意思，那是行樂圖小照之流，更充足地保存真相，往往令觀者拍案叫絕，嘆遺傳之神妙。正如獐頭鼠目再生於十世之後一樣，歷史的人物亦常重現於當世的舞台，恍如奪舍重來，懾人心目，此可怖的悅樂為不知歷史者所不能得者也。通歷史的人如太乙真人目能見鬼，無論自稱為什麼，他都能知道這是誰的化身，在古卷上找得他的原形，自盤庚時代以降一一具在，其一再降凡之跡若示諸掌焉。淺學者流妄生分別，或以二十世紀，或以北伐成功，或以農軍起事劃分時期，以為從此是另一世界，將大有改變，與以前絕對不同，彷彿是舊人霎時死絕，新人自天落下，自地湧出，或從空桑中跳出來，完全是兩種生物的樣子：此正是不學之過也。

宜趁現在不甚適宜於說話做事的時候，關起門來努力讀書，翻開故紙，與活人對照，死書就變成活書，可以得道，可以養生，豈不懿歟？ —— 喔，我這些話真說得太抽象而不得要領了。但是，具體的又如何說呢？我又還缺少學問，論理還應少說閒話，多讀經史才對，現在趕緊打住罷。

燈下讀書論

以前所做的打油詩裡邊，有這樣的兩首是說讀書的，今並錄於後。其辭曰：

飲酒損神茶損氣，讀書應是最相宜，聖賢已死言空在，手把遺編未忍披。

未必花錢逾黑飯，依然有味是青燈，偶逢一冊長恩閣，把卷沉吟過二更。

這是打油詩，本來嚴格的計較不得。我曾說以看書代吸紙煙，那原是事實，至於茶與酒也還是使用，並未真正戒除。書價現在已經很貴，但比起土膏來當然還便宜得不少。這裡稍有問題的，只是青燈之味到底是怎麼樣。古人詩云，青燈有味似兒時。出典是在這裡了，但青燈究竟是怎麼一回事呢？同類的字句有紅燈，不過那是說紅紗燈之流，是用紅東西糊的燈，點起火來整個是紅色的，青燈則並不如此，普通的說法總是指那燈火的光。蘇東坡曾云，紙窗竹屋，燈火青熒，時於此間，得少佳趣。這樣情景實在是很有意思的，大抵這燈當是讀書燈，用清油注瓦盞中令滿，燈芯作炷，點之光甚清寒，有青熒之意，宜於讀書，消遣世慮，其次是說鬼，鬼來則燈光綠，亦甚相近也。若蠟燭的火便不相宜，又燈火亦不宜有蔽障，光須裸露，相傳東坡夜讀佛書，燈花落書上燒卻一僧字，可知古來本亦如是也。

至於用的是什麼油，大概也很有關係，平常多用香油即菜子油，如用別的植物油則光色亦當有殊異，不過這些遷論現在也可以不必多談了。總之這青燈的趣味在我們曾在菜油燈下看過書的人是頗能了解的，現今改用了電燈，自然便利得多了，可是這味道卻全不相同，雖然也可以裝上青藍的磁罩，使燈光變成青色，結果總不是一樣。所以青燈這字面在現代的詞章裡，無論是真詩或是諧詩，都要打個折扣，減去幾分顏色，這是無可如何的事。好在我這裡只是要說明燈右觀書的趣味，那些小問題都沒有什麼關係，無妨暫且按下不表。

聖賢的遺編自然以孔孟的書為代表，在這上邊或者可以加上老莊吧。長恩閣是大興傅節子的書齋名，他的藏書散出，我也收得了幾本，這原是很平常的事，不值得怎麼吹噓，不過這裡有一點特別理由。我有的一種是兩小冊抄本，題曰《明季雜誌》。傅氏很留心明末史事，看《華延年室題跋》兩卷中所記，多是這一類書，可以知道，今此冊又是隨手抄錄，並未成書，沒有多大價值，但是我看了頗有所感。明季的事去今已三百年，並鴉片洪楊義和團諸事變觀之，我輩即使不是能懼思之人，亦自不免沉吟，初雖把卷終亦掩卷，所謂過二更者乃是詩文裝點語耳。那兩首詩說的都是關於讀書的事，雖然不是鼓吹讀書樂，也總覺得消遣世慮大概以讀書為最適宜，可是結果還是不大好，大有越讀越懊惱之慨。蓋據我多年雜覽的經驗，從書裡看出來的結論只是這兩句話，好思想寫在書本上，一點兒都未實現過，壞事情在人世間全已做了，書本上記著一小部分。昔者印度賢人不惜種種布施，求得半偈，今我因此而成二偈，則所得不已多乎。至於意思或近於負的方面，既是從真實出來，亦自有理存乎其中，或當再作計較罷。

聖賢教訓之無用無力，這是無可如何的事，古今中外無不如此。英國陀生在講希臘的古代宗教與現代民俗的書中曾這樣的說過：

希臘國民看到許多哲學者的升降，但總是只抓住他們世襲的宗教。柏拉圖與亞利士多德，什諾與伊壁鳩魯的學說，在希臘人民上面，正如沒有這一回事一般。但是荷馬與以前時代的多神教卻是活著。

斯賓塞在寄給友人的信札裡，也說到現代歐洲的情狀：

宣傳了愛之宗教將近二千年之後，憎之宗教還是很占勢力。歐洲住著二萬萬的外道，假裝著基督教徒，如有人願望他們照著他們的教旨行事，反要被他們所辱罵。

上邊所說是關於希臘哲學家與基督教的，都是人家的事，若是講到孔孟與老莊，以至佛教，其實也正是一樣。在二十年以前寫過一篇小文，對於教訓之無用深致感慨，末後這樣的解說道：

這實在都是真的。希臘有過蘇格拉底，印度有過釋迦牟尼，中國有過孔子老子，他們都被尊崇為聖人，但是在現今的本國人民中間，他們可以說是等於不曾有過。我想這原是當然的，正不必代為無謂的悼嘆。這些偉人倘若真是不曾存在，我們現在當不知怎麼的更為寂寞，但是如今既有言行流傳，足供有知識與趣味的人欣賞，那也就儘夠好了。

這裡所說本是聊以解嘲的話，現今又已過了二十春秋，經歷增加了不少，卻是終未能就此滿足，固然也未必真是床頭摸索好夢似的，希望這些思想都能實現，總之在濁世中展對遺教，不知怎的很替聖賢感覺得很寂寞似的，此或者亦未免是多事，在我自己卻不無珍重之意。前致廢名書中曾經說及，以有此種悵惘，故對於人間世未能恝置，此雖亦是一種苦，目下卻尚不忍即捨去也。

〈閉戶讀書論〉是民國十七年冬所寫的文章，寫的很有點彆扭，不過自己覺得喜歡，因為裡邊主要的意思是真實的，就是現在也還是這樣。這篇論是勸人讀史的，要旨云：

> 我始終相信《二十四史》是一部好書，他很誠懇地告訴我們過去曾如此，現在是如此，將來要如此。歷史所告訴我們的，在表面的確只是過去，但現在與將來也就在這裡面了：正史好似人家祖先的神像，畫得特別莊嚴點，從這上面卻總還看得出子孫的面影，至於野史等更有意思，那是行樂圖小照之流，更充足地保存真相，往往令觀者拍案叫絕，嘆遺傳之神妙。

這不知道算是什麼史觀，叫我自己說明，此中實只有暗黑的新宿命觀，想得透徹時亦可得悟，在我卻還只是悵惘，即使不真至於懊惱。我們說明季的事，總令人最先想起魏忠賢客氏，想起張獻忠李自成，不過那也罷了，反正那些是太監是流寇而已。使人更不能忘記的是國子監生而請以魏忠賢配享孔廟的陸萬齡，東林而為閹黨又引清兵入閩的阮大鋮，特別是記起〈詠懷堂詩〉與《百子山樵傳奇》，更覺得這事的可怕。史書有如醫案，歷歷記著症候與結果，我們看了未必找得出方劑，可以去病除根，但至少總可以自肅自戒，不要犯這種的病，再好一點或者可以從這裡看出些衛生保健的方法來也說不定。我自己還說不出讀史有何所得，消極的警戒，人不可化為狼，當然是其一，積極的方面也有一二，如政府不可使民不聊生，如士人不可結社，不可講學，這後邊都有過很大的不幸做實證，但是正面說來只是老生常談，而且也就容易歸人聖賢的說話一類裡去，永遠是空言而已。說到這裡，兩頭的話又碰在一起，所以就算是完了，讀史與讀經子那麼便可以一以貫之，這也是一個很好的讀書方法罷。

古人勸人讀書，常說他的樂趣，如〈四時讀書樂〉所廣說，讀書之樂樂陶陶，至今暗誦起幾句來，也還覺得有意思。此外的一派是說讀書有利益，如云書中自有黃金屋，書中自有顏如玉，是升官發財主義的代表，便是唐朝做〈原道〉的韓文公教訓兒子，也說的這一派的話，在世間勢力之大可想而知。我所談的對於這兩派都夠不上，如要說明一句，或者可以說是為自己的教養而讀書吧。既無什麼利益，也沒有多大快樂，所得到的只是一點知識，而知識也就是苦，至少知識總是有點苦味的。古希伯來的傳道者說，「我又專心察明智慧狂妄和愚昧，乃知這也是捕風，因為多有智慧就多有愁煩，加增知識就加增憂傷。」這所說的話是很有道理的。但是苦與憂傷何嘗不是教養之一種，就是捕風也並不是沒有意思的事。我曾這樣的說：「察明同類之狂妄和愚昧，與思索個人的老死病苦，一樣是偉大的事業。虛空盡由他虛空，知道他是虛空，而又偏去追跡，去察明，那麼這是很有意義的，這實在可以當得起說是偉大的捕風。」這樣說來，我的讀書論也還並不真是如詩的表面上所顯示的那麼消極。可是無論如何，寂寞總是難免的，唯有能耐寂寞者乃能率由此道耳。

夜讀的境界

我與菸酒不知怎的沒有緣分，至今沒吃上。我這裡說緣分，是用的很有道理的，從前我著實用力的學過，可是終於沒有學會，酒也是一樣的學不會，但不會也還是要吃，只是一吃就醉罷了，煙則簡直一口都不能吸，除了沒有緣以外想不出別的解說了。大概在庚子那時候，我同兄弟論年齡是犯禁的，卻大學其吃香菸，把品海強盜孔雀各牌的煙燒了若干盒，又有斑竹短煙管吃旱煙白奇之類，結果是兄弟畢了業，手裡一直放不下香菸，我乃是材力不及，成績一點也沒得，現在聞見煙氣不能說臭，卻也一點都不覺得香，即此可以證明我與香菸之無緣了。照道理來說，五十年中不吃煙，節省下來這筆煙錢實在不小，不過那也不曾看見，自己所覺得的一種好處乃是夜裡足睡，換句話說就是不喜「落夜」或云熬夜。我不知道是白天好還是黑夜好，據有些詩人說是夜裡交關有趣，夜深人靜，燈明茶熱，讀書作文，進步迅速，我想那一定是真的，可是這時還有上好香菸，一支又一支的抽著，這才文思勃發，逸興遄飛，我缺了這個，所以無法學樣，剛坐到二更便要瞌睡起來了。從前無論舌耕或是筆耕的時代，什麼事只要在白天擾攘中搞了，到了晚飯之後就只打算睡覺，枕上翻看舊書，多也不過一冊，等到亥子之交，夜讀正入佳境的時候，已經困足了一大覺，仔細想起來，這實在也可以說是不吃煙的人的一個損失，因為詩人所說的境界的確是很可歆羡的。

一年的長進

在最近的五個禮拜裡，一連過了兩個年，這才算真正過了年，是民國十三年歲次甲子年了。回想過去「豬兒年」，國內雖然起了不少的重要變化，在我個人除了痴長一歲之外，實在乏善可陳，但仔細想來也不能說毫無長進，這是我所覺得尚堪告慰的。

這一年裡我的唯一的長進，是知道自己之無所知。以前我也自以為是有所知的，在古今的賢哲裡找到一位師傅，便可以據為典要，造成一種主見，評量一切，這倒是很簡易的辦法。但是這樣的一位師傅後來覺得逐漸有點難找，於是不禁狼狽起來，如瞎子之失了棒了，既不肯聽別人現成的話，自己又想不出意見，歸結只好老實招認，述蒙丹尼（Montaigne）的話道：「我知道什麼？」我每日看報，實在總是心裡胡裡胡塗的，對於政治外交上種種的爭執往往不能了解誰是誰非，因為覺得兩邊的話都是難怪，卻又都有點靠不住。我常懷疑，難道我是沒有良知的麼？我覺得不能不答應說「好像是的」，雖然我知道這句話一定要使提唱王學的朋友大不高興。真的，我的心裡確是空澌澌的，好像是舊殿裡的那把椅子，——不過這也是很清爽的事。我若能找到一個「單純的信仰」，或者一個固執的偏見，我就有了主意，自然可以滿足而且快活了，但是有偏見的想除掉固不容易，沒有時要去找來卻也有點為難。大約我之無所知也不是今日始的，不過以前自以為知罷了，現在忽然覺悟過來，正是好事，殊可無須尋求補救的方法，因為露出的馬腳才是真腳，自知無所知卻是我的第一個的真知也。

我很喜歡，可以趁這個機會對於以前曾把書報稿件寄給我看的諸位聲明一下。我接到印有「乞批評」字樣的各種文字，總想竭力奉陪的，無如照上邊所說，我實在是不能批評，也不敢批評，倘若硬要我說好壞，我只好仿主考的用腳一踢，——但這當然是毫不足憑的。我也曾聽說世上有安諾德等大批評家，但安諾德可，我則不可。我只想多看一點大批評家的言論，廣廣自己的見識，沒有用硃筆批點別人文章的意思，所以對於「乞批評」的要求，常是「有方尊命」，諸祈鑒原是幸。

我學國文的經驗

我到現在做起國文教員來，這實在在我自己也覺得有點古怪的，因為我不但不曾研究過國文，並且也沒有好好地學過。平常做教員的總不外這兩種辦法，或是把自己的賅博的學識傾倒出來，或是把經驗有得的方法傳授給學生，但是我於這兩者都有點夠不上。我於怎樣學國文的上面就壓根兒沒有經驗，我所有的經驗是如此的不規則，不足為訓的，這種經驗在實際上是誤人不淺，不過當作故事講也有點意思，似乎略有浪漫的趣味，所以就寫他出來，送給《孔德月刊》的編輯，聊以塞責：收稿的期限已到，只有這一天了，真正連想另找一個題目的工夫都沒有了，下回要寫，非得早早動手不可，要緊要緊。

鄉間的規矩，小孩到了六歲要去上學，我大約也是這時候上學的。是日，上午，衣冠，提一腰鼓式的燈籠，上書「狀元及第」等字樣，掛生蔥一根，意取「聰明」之兆，拜「孔夫子」而上課，先生必須是秀才以上，功課則口授《鑒略》起首兩句，並對一課，日「元」對「相」，即放學。此乃一種儀式，至於正式讀書，則遲一二年不等。我自己是哪一年起頭讀的，已經記不清了，只記得從過的先生都是本家，最早的一個號叫花塍，是老秀才，他是吸鴉片煙的，終日躺在榻上，我無論如何總記不起他的站立著的印象。第二個號子京，做的怪文章，有一句試帖詩云，「梅開泥欲死」，很是神祕，後來終以瘋狂自殺了。第三個的名字可以不說，他是以殺盡革命黨為職志的，言行暴厲的人，光復的那年，他在街上走，聽得人家奔走叫喊「革命黨進城了！」，立刻腳軟了，再也站不起來，經街坊抬他回去，以前應考，出榜時見自己的前一號（坐號）的人錄取了，就大怒，回家把院子裡的一株小桂花都拔了起來。但是從這三位先生我都沒有學到什麼東西，到了十一歲時往三味書屋去附讀，那才是正式讀書的起頭。所讀的書我還清清楚楚地記得，是一本「上中」，即《中庸》的上半本，大約從「無憂者其唯文王乎」左近讀起。書房裡的功課是上午背書上書，讀生書六十遍，寫字；下午讀書六十遍，傍晚不對課，講唐詩一首。老實說，這位先生的教法倒是很寬容的，對學生也頗有理解，我在書房三年，沒有被打過或罰跪。這樣，我到十三歲的年底，讀完了《論》、《孟》、《詩》、《易》及《書經》的一部分。「經」可以算讀得也不少了，雖然也不能算多，但是我總不會寫，也看不懂書，至於禮教的精義尤其茫然，乾脆一句話，以前所讀之經於我毫無益處，從來的能夠略寫文字及養成一種道德觀念，乃是全從別的方面來的。因此我覺得那些主張讀經救國的人真是無謂極了，我自己就讀過好幾經（《禮記》、《春秋》、《左傳》是自己讀的，也大略讀過，雖然現在全忘了），總之就是這麼一回事，毫無用處，也不見得有損，或者只耗廢若干的光陰罷了。恰好十四歲時往杭州去，不再進書房，只在祖父旁邊學做八股文試帖詩，平日除規定看《綱鑒易知錄》，抄詩韻以外，可以隨意看閒書，因為祖父是不禁小孩看小說的。他是個翰林，脾氣又頗乖戾，但是對於教育卻有特別的意見：他很獎勵小孩看小說，以為這能使人思路通順，有時高興便跟我講起《西遊記》來，孫行者怎麼調皮，豬八戒怎樣老實 —— 別的小說他也不非難，但最稱賞的卻是這《西遊記》。晚年回到家裡，還是這樣，常在聚族而居的堂前坐著對人談講，尤其是喜歡找他的一位堂弟（年紀也將近六十了罷）特別反覆地講「豬八戒」，彷彿有什麼諷刺的寓意似的，以致那位聽者輕易不敢出來，要出門的時候必須先窺探一下，如沒有人在那裡等他去講豬八戒，他才敢一溜煙地溜出門去。我那時便讀了不少的小說，好的壞的都有，看紙上的文字而懂得文字所表現的意思，這是從此刻才起首的。由《儒林外史》、《西遊記》等漸至《三國演義》，轉到《聊齋志異》，這是從白話轉到文言的徑路。教我懂文言，並略知文言的趣味者，實在是這《聊齋》，並非什麼經書或是古文析義之流。《聊齋志異》之後，自然是那些「夜談」「隨錄」等的假《聊齋》，一變而轉入《閱微草堂筆記》，這樣，舊派文言小說的兩派都已入門，便自然而然地跑到《唐代叢書》裡邊去了。不久而「庚子」來了。到第二年，祖父覺得我的正途功名已經絕望，照例須得去學幕或是經商，但是我都不願，所以只好「投筆從戎」，去進江南水師學堂。這本是養成海軍士官的學校，於國文一途很少緣分，但是因為總辦方碩輔觀察是很重國粹的，所以入學試驗頗是嚴重，我還記得國文試題是「雲從龍風從虎論」，複試是「雖百世可知也論」。入校以後，一禮拜內五天是上洋文班，包括英文、科學等，一天是漢文。一日的功課是，早上打靶，上午八時至十二時分兩堂，十時後休息十分鐘，午飯後體操或升桅，下午一時至四時又是一堂，下課後兵操。在上漢文班時也是如此，不過不坐在洋式的而在中國式的講堂罷了，功課是上午作論一篇，餘下來的工夫便讓你自由看書，程度較低的則作論外還要讀《左傳》或《古文辭類纂》。

在這個狀況之下，就是並非預言家也可以知道國文是不會有進益的了。不過時運真好，我們正苦枯寂，沒有小說消遣的時候，翻譯界正逐漸興旺起來，嚴幾道的《天演論》，林琴南的《茶花女》，梁任公的《十五小豪杰》，可以說是三派的代表。我那時的國文時間實際上便都用在看這些東西上面，而三者之中尤其是以林譯小說為最喜看，從《茶花女》起，至《黑太子南征錄》止，這期間所出的小說幾乎沒有一冊不買來讀過。這一方面引我到西洋文學裡去，一方面又使我漸漸覺到文言的趣味，雖林琴南的禮教氣與反動的態度終是很可嫌惡，他的擬古的文章也時時成為惡札，容易教壞青年。我在南京的五年，簡直除了讀新小說以外別無什麼可以說是國文的修養。一九〇六年南京的督練公所派我與吳週二君往日本改習建築，與國文更是疏遠了，雖然曾經忽發奇想地到民報社去聽章太炎講過兩年「小學」。總結起來，我的國文的經驗便只是這一點，從這裡邊也找不出什麼學習的方法與過程，可以供別人的參考，除了這一個事實，便是我的國文都是從看小說來的，倘若看幾本普通的文言書，寫一點平易的文章，也可以說是有了運用國文的能力。現在輪到我教學生去理解國文，這可使我有點為難，因為我沒有被教過這是怎樣地理解的，怎麼能去教人。如非教不可，那麼我只好對他們說，請多看書。小說，曲，詩詞，文，各種；新的，古的，文言，白話，本國，外國，各種；還有一層，好的，壞的，各種；都不可以不看，不然便不能知道文學與人生的全體，不能磨煉出一種精純的趣味來。自然，這不要成為亂讀，須得有人給他做指導顧問，其次要別方面的學問知識比例地增進，逐漸養成一個健全的人生觀。

寫了之後重看一遍，覺得上面所說的話平庸極了，真是「老生常談」，好像是笑話裡所說，賣必效的臭蟲藥的，一重一重的用紙封好，最後的一重裡放著一張紙片，上面只有兩字曰「勤捉」。但是除滅臭蟲本來除了勤捉之外別無好法子，所以我這個方法或者倒真是理解文章的趣味之必傚法也未可知哩。

自己的文章

聽說俗語裡有一句話，人家的老婆與自己的文章總覺得是好的。既然是通行的俗語，那麼一定有道理在裡邊，大家都已沒有什麼異議的了，不過在我看來卻也有不盡然的地方。關於第一點，我不曾有過經驗，姑且不去講她。文章呢，近四十年來古文白話胡亂地塗寫了不少，自己覺得略有所知，可是我毫不感到天下文風全在紹興而且本人就是城裡第一。不，讀文章不論選學桐城，稍稍辨別得一點好壞，寫文章也微微懂得一點苦甘冷暖，結果只有「一丁點兒」的知，而知與信乃是不大合得來的，既知文章有好壞，便自然難信自己的都是好的了。

聽人家稱讚我的文章好，這當然是愉快的事，但是這愉快大抵也就等於看了主考官的批，是很榮幸的然而未必切實。有人好意地說我的文章寫得平淡，我聽了很覺得喜歡但也很惶恐。平淡，這是我所最缺少的，雖然也原是我的理想，而事實上絕沒有能夠做到一分毫，蓋凡理想本來即其所最缺少而不能做到者也。現在寫文章自然不能再講什麼義法格調，思想實在是很重要的，思想要充實已難，要表現得好更大難了，我所有的只有焦躁，這說得好聽一點是積極，但其不能寫成好文章來反正總是一樣。民國十四年我在《雨天的書》序二中說：

我近來作文極慕平淡自然的景地。但是看古代或外國文學才有此種作品，自己還夢想不到有能做的一天，因為這有氣質境地與年齡的關係，不可勉強，像我這樣褊急的脾氣的人，生在中國這個時代，實在難望能夠從容鎮靜地做出平和沖淡的文章來。

又云：

我很反對為道德的文學，但自己總做不出一篇為文章的文章，結果只編集了幾卷說教集，這是何等滑稽的矛盾。

近日承一位日本友人寄給我一冊小書，題曰《北京的茶食》，內凡有〈上下身〉〈死之默想〉〈沉默〉〈碰傷〉等九篇小文，都是民十五左右所寫的，譯成流麗的日本文，固然很可欣幸，我重讀一遍卻又十分慚愧，那時所寫真是太幼稚地興奮了。過了十年，是民國二十四年了，我在《苦茶隨筆·後記》中說道：

我很慚愧老是那麼熱心，積極，又是在已經略略知道之後，——難道相信天下真有奇蹟麼？實實是大錯而特錯也。以後應當努力，用心寫好文章，莫管人家鳥事，且談草木蟲魚，要緊要緊。

這番叮囑仍舊沒有用處，那是很顯然的。孔子曰，鳥獸不可與同群，吾非斯人之徒而誰與。中國是我的本國，是我歌於斯哭於斯的地方，可是眼見得那麼不成樣子，大事且莫談，只一出去就看見女人的扎縛的小腳，又如此刻在寫字耳邊就滿是後面人家所收廣播的怪聲的報告與舊戲，真不禁令人怒從心上起也。在這種情形裡平淡的文情哪裡會出來，手底下永遠是沒有，只在心目中尚存在耳，所以我的說平淡乃是跛者之不忘履也，諸公同情遂以為真是能履，跛者固不敢承受，諸公殆亦難免有失眼之譏矣。

又或有人改換名目稱之曰閒適，意思是表示不贊成，其實在這裡也是說得不對的。熱心社會改革的朋友痛恨閒適，以為這是布耳喬亞的快樂，差不多就是飽暖懶惰而已。然而不然。閒適是一種很難得的態度，不問苦樂貧富都可以如此，可是又並不是容易學得會的。這可以分作兩種。其一是小閒適，如俞理初在《癸巳存稿》卷十二關於閒適的文章裡有云：

秦觀詞云，醉臥古藤陰下，了不知南北。王銍《默記》以為其言如此，必不能至西方淨土。其論甚可憎也。——蓋流連光景，人情所不能無，其託言不知，意本深曲耳。

如農夫終日車水，忽駐足望西山，日落陰涼，河水變色，若欣然有會，亦是閒適，不必臥且醉也。其二可以說是大閒適罷。沈赤然著《寄傲軒讀書續筆》卷四云：

宋明帝遣藥酒賜王景文死，景文將飲酒，謂客曰，此酒不宜相勸。齊明帝遣賫鴆巴陵王子倫死，子倫將飲，顧使者曰，此酒非勸客之具，不可相奉。其言何婉而趣也。大都從容鎮靜之態平時尚可偽為，至臨死關頭不覺本性全露，若二人者可謂視死如甘寢矣。

又如陶淵明〈擬輓歌辭〉之三云：

向來相送人，各自還其家，親戚或余悲，他人亦已歌。

這樣的死人的態度真可以說是閒適極了，再看那些參禪看話的和尚，雖似超脫，卻還念念不忘臘月二十八，難免陶公要攢眉而去。夫好生惡死人之常情也，他們亦何必那麼視死如甘寢，實在是「千年不復朝，賢達無奈何」耳，唯其無奈何所以也就不必多自擾擾，只以婉而趣的態度對付之，此所謂閒適亦即是大幽默也。但此等難事唯有賢達能做得到，若是凡人就是平常煩惱也難處理，豈敢望這樣的大解放乎。總之閒適不是一件容易學的事情，不佞安得混冒，自己查看文章，即流連光景且不易得，文章底下的焦躁總要露出頭來，然則閒適亦只是我的一理想而已，而理想之不能做到如上文所說又是當然的事也。

看自己的文章，假如這裡邊有一點好處，我想只可以說在於未能平淡閒適處，即其文字多是道德的。在《雨天的書．序二》中云：

我平素最討厭的是道學家(或照新式稱為法利賽人)，豈知這正因為自己是一個道德家的緣故。我想破壞他們的偽道德不道德的道德，其實卻同時非意識地想建設起自己所信的新的道德來。

我的道德觀恐怕還當說是儒家的，但左右的道與法兩家也都摻合在內，外面又加了些現代科學常識，如生物學人類學以及性的心理，而這末一點在我較為重要。古人有面壁悟道的，或是看蛇鬥懂得寫字的道理，我卻從「妖精打架」上想出道德來，恐不免為傻大姐所竊笑罷。不過好笑的人儘管去好笑，我的意見實實在在以我所知為基本，故自與他人不能苟同。至於文章自己承認未能寫得好，朋友們稱之曰平淡或閒適而賜以稱許或嘲罵，原是隨意，但都不很對，蓋不佞以為自己的文章的好處或不好處全不在此也。

我的雜學

一

小時候讀《儒林外史》，後來多還記得，特別是關於批評馬二先生的話。第四十九回高翰林說：

若是不知道揣摩，就是聖人也是不中的。那馬先生講了半生，講的都是些不中的舉業。

又第十八回舉人衛體善衛先生說：

他終日講的是雜學。聽見他雜覽到是好的，於文章的理法他全然不知，一味亂鬧，好墨卷也被他批壞了。

這裡所謂文章是說八股文，雜學是普通詩文，馬二先生的事情本來與我水米無干，但是我看了總有所感，彷彿覺得這正是說著我似的。我平常沒有一種專門的職業，就只喜歡涉獵閒書，這豈不便是道地的雜學，而且又是不中的舉業，大概這一點是無可疑的。我自己所寫的東西好壞自知，可是聽到世間的是非褒貶，往往不盡相符，有針小棒大之感，覺得有點奇怪，到後來卻也明白了。人家不滿意，本是極當然的，因為講的是不中的舉業，不知道揣摩，雖聖人也沒有用，何況我輩凡人。至於說好的，自然要感謝，其實也何嘗真有什麼長處，至多是不大說誑，以及多本於常識而已。假如這常識可以算是長處，那麼這正是雜覽應有的結果，也是當然的事，我們斷章取義的借用衛先生的話來說，所謂雜覽到是好的也。這裡我想把自己的雜學簡要的記錄一點下來，並不是什麼敝帚自珍，實在也只當作一種讀書的回想云爾。民國甲申四月末日。

二

日本舊書店的招牌上多寫著「和漢洋書籍」云云，這固然是店鋪裡所有的貨色，大抵讀書人所看的也不出這範圍，所以可以說是很能概括的了。現在也就仿照這個意思，從漢文講起頭來。我開始學漢文，還是在甲午以前，距今已是五十餘年，其時讀書蓋專為應科舉的準備，終日念四書五經以備作八股文，中午習字，傍晚對課以備作試帖詩而已。魯迅在辛亥曾戲作小說，假定篇名曰「懷舊」，其中略述書房情狀，先生講《論語》志於學章，教屬對，題曰紅花，對青桐不協，先生代對曰綠草，又曰，紅平聲，花平聲，綠入聲，草上聲，則教以辨四聲也。此種事情本甚尋常，唯及今提及，已少有知者，故亦不失為值得記錄的好資料。我的運氣是，在書房裡這種書沒有讀透。我記得在十一歲時還在讀上中，即是《中庸》的上半卷，後來陸續將經書勉強讀畢，八股文湊得起三四百字，可是考不上一個秀才，成績可想而知。語云，禍兮福所倚。舉業文沒有弄成功，但我因此認得了好些漢字，慢慢的能夠看書，能夠寫文章，就是說把漢文卻是讀通了。漢文讀通極是普通，或者可以說在中國人正是當然的事，不過這如從舉業文中轉過身來，他會附隨著兩種臭味，一是道學家氣，一是八大家氣，這都是我所不大喜歡的。本來道學這東西沒有什麼不好，但發現在人間便是道學家，往往假多真少，世間早有定評，我也多所見聞，自然無甚好感。家中舊有一部浙江官書局刻方東樹的《漢學商兌》，讀了很是不愉快，雖然並不因此被激到漢學裡去，對於宋學卻起了反感，覺得這麼度量褊窄，性情苛刻，就是真道學也有何可貴，倒還是不去學他好。還有一層，我總覺得清朝之講宋學，是與科舉有密切關係的，讀書人標榜道學作為求富貴的手段，與跪拜頌揚等等形式不同而作用則一。這些恐怕都是個人的偏見也未可知，總之這樣使我脫離了一頭羈絆，於後來對於好些事情的思索上有不少的好處。八大家的古文在我感覺也是八股文的長親，其所以為世人所珍重的最大理由我想即在於此。我沒有在書房學過念古文，所以搖頭朗誦像唱戲似的那種本領我是不會的，最初只自看《古文析義》，事隔多年幾乎全都忘了，近日拿出安越堂平氏校本《古文觀止》來看，明了的感覺唐以後文之不行，這樣說雖有似明七子的口氣，但是事實無可如何。韓柳的文章至少在選本裡所收的，都是些《宦鄉要則》裡的資料，士子做策論，官幕辦章奏書啟，是很有用的，以文學論不知道好處在那裡。唸起來聲調好，那是實在的事，但是我想這正是屬於八股文一類的證據吧。讀前六卷的所謂周秦文以至漢文，總是華實兼具，態度也安詳沉著，沒有那種奔競躁進氣，此蓋為科舉制度時代所特有，韓柳文勃興於唐，盛行至於今日，即以此故，此又一段落也。不佞因為書房教育受得不充分，所以這一關也逃過了，至今想起來還覺得很僥倖，假如我學了八大家文來講道學，那是道地的正統了，這篇談雜學的小文也就無從寫起了。

三

我學國文的經驗，在十八九年前曾經寫了一篇小文，約略說過。中有云，經可以算讀得也不少了，雖然也不能算多，但是我總不會寫，也看不懂書，至於禮教的精義尤其茫然，乾脆一句話，以前所讀的書於我無甚益處，後來的能夠略寫文字，及養成一種道德觀念，乃是全從別的方面來的。關於道德思想將來再說，現在只說讀書，即是看了紙上的文字懂得所表現的意思，這種本領是怎麼學來的呢。簡單的說，這是從小說看來的。大概在十三至十五歲，讀了不少的小說，好的壞的都有，這樣便學會了看書。由《鏡花緣》、《儒林外史》、《西遊記》、《水滸傳》等漸至《三國演義》，轉到《聊齋志異》，這是從白話轉入文言的徑路。教我懂文言，並略知文言的趣味者，實在是這《聊齋》，並非什麼經書或是《古文析義》之流。《聊齋志異》之後，自然是那些《夜談隨錄》、《淞隱漫錄》等的假《聊齋》，一變而轉入《閱微草堂筆記》，這樣，舊派文言小說的兩派都已經入門，便自然而然的跑到唐代叢書裡邊去了。這種經驗大約也頗普通，嘉慶時人鄭守庭的《燕窗閒話》中也有相似的記錄，其一節云：「予少時讀書易於解悟，乃自旁門入。憶十歲隨祖母祝壽於西鄉顧宅，陰雨兼旬，幾上有《列國志》一部，翻閱之，解僅數語，閱三四本後解者漸多，復從頭翻閱，解者大半。歸家後即借說部之易解者閱之，解有八九。除夕侍祖母守歲，竟夕閱《封神傳》半部，《三國志》半部，所有細評無暇詳覽也。後讀《左傳》，其事跡已知，但於字句有不明者，講說時盡心諦聽，由是閱他書益易解矣。」不過我自己的經歷不但使我了解文義，而且還指引我讀書的方向，所以關係也就更大了。唐代叢書因為板子都欠佳，至今未曾買好一部，我對於他卻頗有好感，裡邊有幾種書還是記得，我的雜覽可以說是從那裡起頭的。小時候看見過的書，雖本是偶然的事，往往留下很深的印象，發生很大的影響。《爾雅音圖》、《毛詩品物圖考》、《毛詩草木疏》、《花鏡》、《篤素堂外集》、《金石存》、《剡錄》，這些書大抵並非精本，有的還是石印，但是至今記得，後來都搜得收存，興味也仍存在。說是幼年的書全有如此力量麼，也並不見得，可知這裡原是也有別擇的。《聊齋》與《閱微草堂》是引導我讀古文的書，可是後來對於前者我不喜歡他的詞章，對於後者討嫌他的義理，大有得魚忘筌之意。唐代叢書是雜學入門的課本，現在卻亦不能舉出若干心喜的書名，或者上邊所說《爾雅音圖》各書可以充數，這本不在叢書中，但如說是以從唐代叢書養成的讀書興味，在叢書之外別擇出來的中意的書，這說法也是可以的吧。這個非正宗的別擇法一直維持下來，成為我搜書看書的準則。這大要有八類。一是關於《詩經》、《論語》之類。二是小學書，即《說文》、《爾雅》、《方言》之類。三是文化史料類，非志書的地誌，特別是關於歲時風土物產者，如《夢憶》、《清嘉錄》，又關於亂事如《思痛記》，關於倡優如《板橋雜記》等。四是年譜日記游記家訓尺牘類，最著的例如《顏氏家訓》、《入蜀記》等。五是博物書類，即《農書》、《本草》，《詩疏》、《爾雅》各本亦與此有關係。六是筆記類，範圍甚廣，子部雜家大部分在內。七是佛經之一部，特別是舊譯《譬喻》、《因緣》、《本生》各經，大小乘戒律，代表的語錄。八是鄉賢著作。我以前常說看閒書代紙煙，這是一句半真半假的話，我說閒書，是對於新舊各式的八股文而言，世間尊重八股是正經文章，那麼我這些當然是閒書罷了，我順應世人這樣客氣的說，其實在我看來原都是很重要極嚴肅的東西。重複的說一句，我的讀書是非正統的。因此常為世人所嫌憎，但是自己相信其所以有意義處亦在於此。

四

古典文學中我很喜歡《詩經》，但老實說也只以國風為主，小雅但有一部分耳。說詩不一定固守《小序》或《集傳》，平常適用的好本子卻難得，有早印的掃葉山莊陳氏本《詩毛氏傳疏》，覺得很可喜，時常拿出來翻看。陶淵明詩向來喜歡，文不多而均極佳，安化陶氏本最便用，雖然兩種刊板都欠精善。此外的詩以及詞曲，也常翻讀，但是我知道不懂得詩，所以不大敢多看，多說。駢文也頗愛好，雖然能否比詩多懂得原是疑問，閱孫隘庵的《六朝麗指》卻很多同感，仍不敢貪多，《六朝文絜》及黎氏籤注常備在座右而已。伍紹棠跋《南北朝文鈔》云，南北朝人所著書多以駢儷行之，亦均質雅可誦。此語真實，唯諸書中我所喜者為《洛陽伽藍記》，《顏氏家訓》，此他雖皆是篇章之珠澤，文采之鄧林，如《文心雕龍》與《水經注》，終苦其太專門，不宜於閒看也。以上就唐以前書舉幾個例，表明個人的偏好，大抵於文字之外看重所表現的氣象與性情，自從韓愈文起八代之衰以後，便沒有這種文字，加以科舉的影響，後來即使有佳作，也總是質地薄，份量輕，顯得是病後的體質了。至於思想方面，我所受的影響又是別有來源的。籠統的說一句，我自己承認是屬於儒家思想的，不過這儒家的名稱是我所自定，內容的解說恐怕與一般的意見很有些不同的地方。我想中國人的思想是重在適當的做人，在儒家講仁與中庸正與之相同，用這名稱似無不合，其實這正因為孔子是中國人，所以如此，並不是孔子設教傳道，中國人乃始變為儒教徒也。儒家最重的是仁，但是智與勇二者也很重要，特別是在後世儒生成為道士化，禪和子化，差役化，思想混亂的時候，須要智以辨別，勇以決斷，才能截斷眾流，站立得住。這一種人在中國卻不易找到，因為這與君師的正統思想往往不合，立於很不利的地位，雖然對於國家與民族的前途有極大的價值。上下古今自漢至於清代，我找到了三個人，這便是王充，李贄，俞正燮，是也。王仲任的疾虛妄的精神，最顯著的表現在《論衡》上，其實別的兩人也是一樣，李卓吾在《焚書》與《初潭集》，俞理初在《癸巳類稿》、《存稿》上所表示的正是同一的精神。他們未嘗不知道多說真話的危險，只因通達物理人情，對於世間許多事情的錯誤不實看得太清楚，忍不住要說，結果是不討好，卻也不在乎，這種愛真理的態度是最可寶貴，學術思想的前進就靠此力量，只可惜在中國歷史上不大多見耳。我嘗稱他們為中國思想界之三盞燈火，雖然很是遼遠微弱，在後人卻是貴重的引路的標識。太史公曰，高山仰止，景行行止，雖不能至，然心嚮往之。對於這幾位先賢我也正是如此，學是學不到，但疾虛妄，重情理，總作為我們的理想，隨時注意，不敢不勉。古今筆記所見不少，披沙揀金，千不得一，不足言勞，但苦寂寞。民國以來號稱思想革命，而實亦殊少成績，所知者唯蔡孑民錢玄同二先生可當其選，但多未著之筆墨，清言既絕，亦復無可徵考，所可痛惜也。

五

我學外國文，一直很遲，所以沒有能夠學好，大抵只可看看書而已。光緒辛丑進江南水師學堂當學生，才開始學英文，其時年已十八，至丙午被派往日本留學，不得不再學日本文，則又在五年後矣。我們學英文的目的為的是讀一般理化及機器書籍，所用課本最初是《華英初階》以至《進階》，參考書是考貝紙印的《華英字典》，其幼稚可想，此外西文還有什麼可看的書全不知道，許多前輩同學畢業後把這幾本舊書拋棄淨盡，雖然英語不離嘴邊，再也不一看橫行的書本，正是不足怪的事。我的運氣是同時愛看新小說，因了林氏譯本知道外國有司各得哈葛德這些人，其所著書新奇可喜，後來到東京又見西書易得，起手買一點來看，從這裡得到了不少的益處。不過我所讀的卻並不是英文學，只是借了這文字的媒介雜亂的讀些書，其一部分是歐洲弱小民族的文學。當時日本有長谷川二葉亭與升曙夢專譯俄國作品，馬場孤蝶多介紹大陸文學，我們特別感到興趣，一面又因《民報》在東京發刊，中國革命運動正在發達，我們也受了民族思想的影響，對於所謂被損害與侮辱的國民的文學更比強國的表示尊重與親近。這裡邊，波蘭，芬蘭，匈加利，新希臘等最是重要，俄國其時也正在反抗專制，雖非弱小而亦被列入。那時影響至今尚有留存的，即是我的對於幾個作家的愛好，俄國的果戈理與伽爾洵，波蘭的顯克威支，雖然有時可以十年不讀，但心裡還是永不忘記，陀思妥也夫斯奇也極是佩服，可是有點敬畏，向來不敢輕易翻動，也就較為疏遠了。摩斐耳的《斯拉夫文學小史》，克羅巴金的《俄國文學史》，勃蘭特思的《波蘭印象記》，賴息的《匈加利文學史論》，這些都是四五十年前的舊書，於我卻是很有情分，回想當日讀書的感激歷歷如昨日，給予我的好處亦終未亡失。只可惜我未曾充分利用，小說前後譯出三十幾篇，收在兩種短篇集內，史傳批評則多止讀過獨自怡悅耳。但是這也總之不是徒勞的事，民國六年來到北京大學，被命講授歐洲文學史，就把這些拿來做底子，而這以後七八年間的教書，督促我反覆的查考文學史料，這又給我做了一種訓練。我最初只是關於古希臘與十九世紀歐洲文學的一部分有點知識，後來因為要教書編講義，其他部分須得設法補充，所以起頭這兩年雖然只擔任六小時功課，卻真是日不暇給，查書寫稿之外幾乎沒有別的事情可做，可是結果並不滿意，講義印出了一本，十九世紀這一本終於不曾付印，這門功課在幾年之後也停止了。凡文學史都不好講，何況是歐洲的，那幾年我知道自誤誤人的確不淺，早早中止還是好的，至於我自己實在卻仍得著好處，蓋因此勉強讀過多少書本，獲得一般文學史的常識，至今還是有用，有如教練兵操，本意在上陣，後雖不用，而此種操練所餘留的對於體質與精神的影響則固長存在，有時亦覺得頗可感謝者也。

六

從西文書中得來的知識，此外還有希臘神話。說也奇怪，我在學校裡學過幾年希臘文，近來翻譯亞坡羅陀洛思的神話集，覺得這是自己的主要工作之一，可是最初之認識與理解希臘神話卻是全從英文的著書來的。我到東京的那年，買得該萊的《英文學中之古典神話》，隨後又得到安特路朗的兩本《神話儀式與宗教》，這樣便使我與神話發生了關係。當初聽說要懂西洋文學須得知道一點希臘神話，所以去找一兩種參考書來看，後來對於神話本身有了興趣，便又去別方面尋找，於是在神話集這面有了亞坡羅陀洛思的原典，福克斯與洛士各人的專著，論考方面有哈理孫女士的《希臘神話論》以及宗教各書，安特路朗的則是神話之人類學派的解說，我又從這裡引起對於文化人類學的趣味來的。世間都說古希臘有美的神話，這自然是事實，只須一讀就會知道，但是其所以如此又自有其理由，這說起來更有意義。古代埃及與印度也有特殊的神話，其神道多是鳥頭牛首，或者是三頭六臂，形狀可怕，事跡亦多怪異，始終沒有脫出宗教的區域，與藝術有一層的間隔。希臘的神話起源本亦相同，而逐漸轉變，因為如哈理孫女士所說，希臘民族不是受祭司支配而是受詩人支配的，結果便由他們把那些都修造成為美的影像了。「這是希臘的美術家與詩人的職務，來洗除宗教中的恐怖分子，這是我們對於希臘的神話作者的最大的負債。」我們中國人雖然以前對於希臘不曾負有這項債務，現在卻該奮發去分一點過來，因為這種希臘精神即使不能起死回生，也有返老還童的力量，在歐洲文化史上顯然可見，對於現今的中國，因了多年的專制與科舉的重壓，人心裡充滿著醜惡與恐怖而日就萎靡，這種一陣清風似的祓除力是不可少，也是大有益的。我從哈理孫女士的著書得悉希臘神話的意義，實為大幸，只恨未能盡力紹介，亞坡羅陀洛思的書本文譯畢，註釋恐有三倍的多，至今未曾續寫，此外還該有一冊通俗的故事，自己不能寫，翻譯更是不易。勞斯博士於一九三四年著有《希臘的神與英雄與人》，他本來是古典學者，文章寫得很有風趣，在一八九七年譯過《新希臘小說集》，序文名曰《在希臘諸島》，對於古舊的民間習俗頗有理解，可以算是最適任的作者了，但是我不知怎的覺得這總是基督教國人寫的書，特別是在通俗的為兒童用的，這與專門書不同，未免有點不相宜，未能決心去譯他，只好且放下。我並不一定以希臘的多神教為好，卻總以為他的改教可惜，假如希臘能像中國日本那樣，保存舊有的宗教道德，隨時必要的加進些新分子，有如佛教基督教之在東方，調和的發展下去，豈不更有意思。不過已經過去的事是沒有辦法了，照現在的事情來說，在本國還留下些生活的傳統，劫餘的學問藝文在外國甚被寶重，一直研究傳播下來，總是很好的了。我們想要討教，不得不由基督教國去轉手，想來未免有點彆扭，但是為希臘與中國再一計量，現在得能如此也已經是可幸的事了。

七

安特路朗是個多方面的學者文人，他的著書很多，我只有其中的文學史及評論類，古典翻譯介紹類，童話兒歌研究類，最重要的是神話學類，此外也有些雜文，但是如《垂釣漫錄》以及詩集卻終於未曾收羅。這裡邊於我影響最多的是神話學類中之《習俗與神話》、《神話儀式與宗教》這兩部書，因為我由此知道神話的正當解釋，傳說與童話的研究也於是有了門路了。十九世紀中間歐洲學者以言語之病解釋神話，可是這裡有個疑問，假如亞利安族神話起源由於亞利安族言語之病，那麼這是很奇怪的，為什麼在非亞利安族言語通行的地方也會有相像的神話存在呢。在語言系統不同的民族裡都有類似的神話傳說，說這神話的起源都由於言語的傳訛，這在事實上是不可能的。言語學派的方法既不能解釋神話裡的荒唐不合理的事件，人類學派乃代之而興，以類似的心理狀態發生類似的行為為解說，大抵可以得到合理的解決。這最初稱之曰民俗學的方法，在《習俗與神話》中曾有說明，其方法是，如在一國見有顯是荒唐怪異的習俗，要去找到別一國，在那裡也有類似的習俗，但是在那裡不特並不荒唐怪異，卻正與那人民的禮儀思想相合。對於古希臘神話也是用同樣的方法，取別民族類似的故事來做比較，以現在尚有存留的信仰推測古時已經遺忘的意思，大旨可以明了，蓋古希臘人與今時某種土人其心理狀態有類似之處，即由此可得到類似的神話傳說之意義也。《神話儀式與宗教》第三章以下論野蠻人的心理狀態，約舉其特點有五，即一萬物同等，均有生命與知識，二信法術，三信鬼魂，四好奇，五輕信。根據這裡的解說，我們已不難了解神話傳說以及童話的意思，但這只是入門，使我更知道得詳細一點的，還靠了別的兩種書，即是哈忒蘭的《童話之科學》與麥扣洛克的《小說之童年》。《童話之科學》第二章論野蠻人思想，差不多大意相同，全書分五目九章詳細敘說，《小說之童年》副題即云「民間故事與原始思想之研究」，分四類十四目，更為詳盡，雖出板於一九〇五年，卻還是此類書中之白眉，夷亞斯萊在二十年後著《童話之民俗學》，亦仍不能超出其範圍也。神話與傳說童話源出一本，隨時轉化，其一是宗教的，其二則是史地類，其三屬於藝文，性質稍有不同，而其解釋還是一樣，所以能讀神話而遂通童話，正是極自然的事。麥扣洛克稱其書曰《小說之童年》，即以民間故事為初民之小說，猶之朗氏謂說明的神話是野蠻人的科學，說的很有道理。我們看這些故事，未免因了考據癖要考察其意義，但同時也當作藝術品看待，得到好些悅樂。這樣我就又去搜尋各種童話，不過這裡的目的還是偏重在後者，雖然知道野蠻民族的也有價值，所收的卻多是歐亞諸國，自然也以少見為貴，如土耳其，哥薩克，俄國等。法國貝洛耳，德國格林兄弟所編的故事集，是權威的著作，我所有的又都有安特路朗的長篇引論，很是有用，但為友人借看，帶到南邊去了，現尚無法索還也。

八

我因了安特路朗的人類學派的解說，不但懂得了神話及其同類的故事，而且也知道了文化人類學，這又稱為社會人類學，雖然本身是一種專門的學問，可是這方面的一點知識於讀書人很是有益，我覺得也是頗有趣味的東西。在英國的祖師是泰勒與拉薄克，所著《原始文明》與《文明之起源》都是有權威的書。泰勒又有《人類學》，也是一冊很好入門書，雖是一八八一年的初板，近時卻還在翻印，中國廣學會曾經譯出，我於光緒丙午在上海買到一部，不知何故改名為《進化論》，又是用有光紙印的，未免可惜，後來恐怕也早絕板了。但是於我最有影響的還是那《金枝》的有名的著者茀來若博士。社會人類學是專研究禮教習俗這一類的學問，據他說研究有兩方面，其一是野蠻人的風俗思想，其二是文明國的民俗，蓋現代文明國的民俗大都即是古代蠻風之遺留，也即是現今野蠻風俗的變相，因為大多數的文明衣冠的人物在心裡還依舊是個野蠻。因此這比神話學用處更大，他所講的包括神話在內，卻更是廣大，有些我們平常最不可解的神聖或猥褻的事項，經那麼一說明，神祕的面幕倏爾落下，我們懂得了時不禁微笑，這是同情的理解，可是威嚴的壓迫也就解消了。這於我們是很好很有益的，雖然於假道學的傳統未免要有點不利，但是此種學問在以偽善著稱的西國發達，未見有何窒礙，所以在我們中庸的國民中間，能夠多被接受本來是極應該的吧。茀來若的著作除《金枝》這一流的大部著書五部之外，還有若干種的單冊及雜文集，他雖非文人而文章寫得很好，這頗像安特路朗，對於我們非專門家而想讀他的書的人是很大的一個便利。他有一冊《普須該的工作》，是四篇講義專講迷信的，覺得很有意思，後來改名曰《魔鬼的辯護》，日本已有譯本在岩波文庫中，仍用他的原名，又其《金枝》節本亦已分冊譯出。茀來若夫人所編《金枝上的葉子》又是一冊啟蒙讀本，讀來可喜又復有益，我在《夜讀抄》中寫過一篇介紹，卻終未能翻譯，這於今也已是十年前事了。此外還有一位原籍芬蘭而寄居英國的威思忒瑪克教授，他的大著《道德觀念起源發達史》兩冊，於我影響也很深。茀來若在《金枝》第二分「序言」中曾說明各民族的道德與法律均常在變動，不必說異地異族，就是同地同族的人，今昔異時，其道德觀念與行為亦遂不同。威思忒瑪克的書便是闡明這道德的流動的專著，使我們確實明了的知道了道德的真相，雖然因此不免打碎了些五色玻璃似的假道學的擺設，但是為生與生生而有的道德的本義則如一塊水晶，總是明澈的看得清楚了。我寫文章往往牽引到道德上去，這些書的影響可以說是原因之一部分，雖然其基本部分還是中國的與我自己的。威思忒瑪克的專門巨著還有一部《人類婚姻史》，我所有的只是一冊小史，又六便士叢書中有一種曰《結婚》，只是八十頁的小冊子，卻很得要領。同叢書中也有哈理孫女士的一冊《希臘羅馬神話》，大抵即根據《希臘神話論》所改寫者也。

九

我對於人類學稍有一點興味，這原因並不是為學，大抵只是為人，而這人的事情也原是以文化之起源與發達為主。但是人在自然中的地位，如嚴幾道古雅的譯語所云化中人位，我們也是很想知道的，那麼這條路略一拐彎便又一直引到進化論與生物學那邊去了。關於生物學我完全只是亂翻書的程度，說得好一點也就是涉獵，據自己估價不過是受普通教育過的學生應有的知識，此外加上多少從雜覽來的零碎資料而已。但是我對於這一方面的愛好，說起來原因很遠，並非單純的為了化中人位的問題而引起的。我在上文提及，以前也寫過幾篇文章講到，我所喜歡的舊書中有一部分是關於自然名物的，如《毛詩草木疏》及《廣要》、《毛詩品物圖考》、《爾雅音圖》及郝氏《義疏》，汪日楨《湖雅》、《本草綱目》、《野菜譜》、《花鏡》、《百廿蟲吟》等。照時代來說，除《毛詩》、《爾雅》諸圖外最早看見的是《花鏡》，距今已將五十年了，愛好之心卻始終未變，在康熙原刊之外還買了一部日本翻本，至今也仍時時拿出來看。看《花鏡》的趣味，既不為的種花，亦不足為作文的參考，在現今說與人聽，是不容易領解，更不必說同感的了。因為最初有這種興趣，後來所以牽連開去，應用在思想問題上面，否則即使為得要了解化中人位，生物學知識很是重要，卻也覺得麻煩，懶得去動手了吧。外國方面認得懷德的博物學的通信集最早，就是世間熟知的所謂《色耳彭的自然史》，此書初次出板還在清乾隆五十四年，至今重印不絕，成為英國古典中唯一的一冊博物書。但是近代的書自然更能供給我們新的知識，於目下的問題也更有關係，這裡可以舉出湯木孫與法勃耳二人來，因為他們於學問之外都能寫得很好的文章，這於外行的讀者是頗有益處的。湯木孫的英文書收了幾種，法勃耳的《昆蟲記》只有全集日譯三種，英譯分類本七八冊而已。我在民國八年寫過一篇《祖先崇拜》，其中曾云，我不信世上有一部經典，可以千百年來當人類的教訓的，只有記載生物的生活現象的比阿洛支，才可供我們參考，定人類行為的標準。這也可以翻過來說，經典之可以作教訓者，因其合於物理人情，即是由生物學透過之人生哲學，故可貴也。我們聽法勃耳講昆蟲的本能之奇異，不禁感到驚奇，但亦由此可知焦理堂言生與生生之理，聖人不易，而人道最高的仁亦即從此出。再讀湯木孫談落葉的文章，每片樹葉在將落之前，必先將所有糖分葉綠等貴重成分退還給樹身，落在地上又經蚯蚓運入土中，化成植物性壤土，以供後代之用，在這自然的經濟裡可以看出別的意義，這便是樹葉的忠荩，假如你要談教訓的話。《論語》裡有「小子何莫學夫詩」一章，我很是喜歡，現在倒過來說，多識於鳥獸草木之名，可以興，可以觀，可以群，可以怨，邇之事父，遠之事君，覺得也有新的意義，而且與事理也相合，不過事君或當讀作盡力國事而已。說到這裡話似乎有點硬化了，其實這只是推到極端去說，若是平常我也還只是當閒書看，派克洛夫忒所著的《動物之求婚》與

《動物之幼年》二書，我也覺得很有意思，雖然並不一定要去尋求什麼教訓。

十

民國十六年春間我在一篇小文中曾說，我所想知道一點的都是關於野蠻人的事，一是古野蠻，二是小野蠻，三是文明的野蠻。一與三是屬於文化人類學的，上文約略說及，這其二所謂小野蠻乃是兒童，因為照進化論講來，人類的個體發生原來和系統發生的程式相同，胚胎時代經過生物進化的歷程，兒童時代又經過文明發達的歷程，所以幼稚這一段落正是人生之蠻荒時期，我們對於兒童學的有些興趣這問題，差不多可以說是從人類學連續下來的。自然大人對於小兒本有天然的情愛，有時很是痛切，日本文中有兒煩惱一語，最有意味，《莊子》又說聖王用心，嘉孺子而哀婦人，可知無間高下人同此心，不過於這主觀的慈愛之上又加以客觀的了解，因而成立兒童學這一部門，乃是極後起的事，已在十九世紀的後半了。我在東京的時候得到高島平三郎編《歌詠兒童的文學》及所著《兒童研究》，才對於這方面感到興趣，其時兒童學在日本也剛開始發達，斯丹萊賀耳博士在西洋為斯學之祖師，所以後來參考的書多是英文的，塞來的《兒童時期之研究》雖已是古舊的書，我卻很是珍重，至今還時常想起。以前的人對於兒童多不能正當理解，不是將他當作小形的成人，期望他少年老成，便將他看作不完全的小人，說小孩懂得什麼，一筆抹殺，不去理他。現在才知道兒童在生理心理上雖然和大人有點不同，但他仍是完全的個人，有他自己內外兩面的生活。這是我們從兒童學所得來的一點常識，假如要說救救孩子大概都應以此為出發點的，自己慚愧於經濟政治等無甚知識，正如講到婦女問題時一樣，未敢多說，這裡與我有關係的還只是兒童教育裡一部分，即是童話與兒歌。在二十多年前我寫過一篇〈兒童的文學〉，引用外國學者的主張，說兒童應該讀文學的作品，不可單讀那些商人們編撰的讀本，唸完了讀本，雖然認識了字，卻不會讀書，因為沒有讀書的趣味。幼小的兒童不能懂名人的詩文，可以讀童話，唱兒歌，此即是兒童的文學。正如在《小說之童年》中所說，傳說故事是文化幼稚時期的小說，為古人所喜歡，為現時野蠻民族與鄉下人所喜歡，因此也為小孩們所喜歡，是他們共通的文學，這是確實無疑的了。這樣話又說了回來，回到當初所說的小野蠻的問題上面，本來是我所想要知道的事情，覺得去費點心稍為查考也是值得的。我在這裡至多也只把小朋友比做紅印度人，記得在賀耳派的論文中，有人說小孩害怕毛茸茸的東西和大眼睛，這是因為森林生活時恐怖之遺留，似乎說的新鮮可喜，又有人說，小孩愛弄水乃是水棲生活的遺習，卻不知道究竟如何了。弗洛伊特的心理分析應用於兒童心理，頗有成就，曾讀瑞士波都安所著書，有些地方覺得很有意義，說明希臘腫足王的神話最為確實，蓋此神話向稱難解，如依人類學派的方法亦未能解釋清楚者也。

十一

性的心理，這於我益處很大，我平時提及總是不惜表示感謝的。從前在〈論自己的文章〉一文中曾云：

我的道德觀恐怕還當說是儒家的，但左右的道與法兩家也都有點摻合在內，外邊又加了些現代科學常識，如生物學人類學以及性的心理，而這末一點在我更為重要。古人有面壁悟道的，或是看蛇鬥蛙跳懂得寫字的道理，我卻從「妖精打架」上想出道德來，恐不免為傻大姐所竊笑吧。

本來中國的思想在這方面是健全的，如《禮記》上說，飲食男女，人之大欲存焉。又《莊子》設為堯舜問答，嘉孺子而哀婦人，為聖王之所用心，氣象很是博大。但是後來文人墮落，漸益不成話，我曾武斷的評定，只要看他關於女人或佛教的意見，如通順無疵，才可以算作甄別及格，可是這是多麼不容易呀。近四百年中也有過李贄王文祿俞正燮諸人，能說幾句合於情理的話，卻終不能為社會所容認，俞君生於近世，運氣較好，不大挨罵，李越縵只嘲笑他說，頗好為婦人出脫，語皆偏譎，似謝夫人所謂出於周姥者。這種出於周姥似的意見實在卻極是難得，榮啟期生為男子身，但自以為幸耳，若能知哀婦人而為之代言，則已得聖王之心傳，其賢當不下於周公矣。我輩生在現代的民國，得以自由接受性心理的新知識，好像是拿來一節新樹枝接在原有思想的老幹上去，希望能夠使他強化，自然發達起來，這個前途遼遠一時未可預知，但於我個人總是覺得頗受其益的。這主要的著作當然是藹理斯的《性的心理研究》。此書第一冊在一八九八年出板，至一九一〇年出第六冊，算是全書完成了，一九二八年續刊第七冊，彷彿是補遺的性質。一九三三年即民國二十二年，藹理斯又刊行了一冊簡本《性的心理》，為現代思想的新方面叢書之一，其時著者蓋已是七十四歲了。我學了英文，既不讀莎士比亞，不見得有什麼用處，但是可以讀藹理斯的原著，這時候我才覺得，當時在南京那幾年洋文講堂的功課可以算是並不白費了。《性的心理》給予我們許多事實與理論，這在別的性學大家如福勒耳，勃洛赫，鮑耶爾，凡特威耳特諸人的書裡也可以得到，可是那從明淨的觀照出來的意見與論斷，卻不是別處所有，我所特別心服者就在於此。從前在《夜讀抄》中曾經舉例，敘說藹理斯的意見，以為性慾的事情有些無論怎麼異常以至可厭惡，都無責難或干涉的必要，除了兩種情形以外，一是關係醫學，一是關係法律的。這就是說，假如這異常的行為要損害他自己的健康，那麼他需要醫藥或精神治療的處置，其次假如這要損及對方的健康或權利，那麼法律就應加以干涉。這種意見我覺得極有道理，既不保守，也不急進，據我看來還是很有點合於中庸的吧。說到中庸，那麼這頗與中國接近，我真相信如中國保持本有之思想的健全性，則對於此類意思理解自至容易，就是我們現在也正還托這庇蔭，希望思想不至於太烏煙瘴氣化也。

十二

藹理斯的思想我說他是中庸，這並非無稽，大抵可以說得過去，因為西洋也本有中庸思想，即在希臘，不過中庸稱為有節，原意云康健心，反面為過度，原意云狂恣。藹理斯的文章裡多有這種表示，如《論聖芳濟》中云，有人以禁慾或耽溺為其生活之唯一目的者，其人將在尚未生活之前早已死了。又云，生活之藝術，其方法只在於微妙地混和取與捨二者而已。《性的心理》第六冊末尾有一篇跋文，最後的兩節云：

我很明白有許多人對於我的評論意見不大能夠接受，特別是在末冊裡所表示的。有些人將以我的意見為太保守，有些人以為太偏激。世上總常有人很熱心的想攀住過去，也常有人熱心的想攫得他們所想像的未來。但是明智的人站在二者之間，能同情於他們，卻知道我們是永遠在於過渡時代。在無論何時，現在只是一個交點，為過去與未來相遇之處，我們對於二者都不能有何怨懟。不能有世界而無傳統，亦不能有生命而無活動。正如赫拉克萊多思在《現代哲學的初期》所說，我們不能在同一川流中入浴二次，雖然如我們在今日所知，川流仍是不息的回流著。沒有一刻無新的晨光在地上，也沒有一刻不見日沒。最好是閒靜的招呼那熹微的晨光，不必忙亂的奔上前去，也不要對於落日忘記感謝那曾為晨光之垂死的光明。

在道德的世界上，我們自己是那光明使者，那宇宙的歷程即實現在我們身上。在一個短時間內，如我們願意，我們可以用了光明去照我們路程的周圍的黑暗。正如在古代火把競走 —— 這在路克勒丟思看來似是一切生活的象徵 —— 裡一樣，我們手持火把，沿著道路奔向前去。不久就會有人從後面來，追上我們。我們所有的技巧便在怎樣的將那光明固定的炬火遞在他手內，那時我們自己就隱沒到黑暗裡去。

這兩節話我頂喜歡，覺得是一種很好的人生觀，現代叢書本的《新精神》卷首，即以此為題詞，我時常引用，這回也是第三次了。藹理斯的專門是醫生，可是他又是思想家，此外又是文學批評家，在這方面也使我們不能忘記他的績業。他於三十歲時刊行《新精神》，中間又有《斷言》一集，《從盧梭到普魯斯忒》出板時年已七十六，皆是文學思想論集，前後四十餘年而精神如一，其中如論惠忒曼，加沙諾伐，聖芳濟，《尼可拉先生》的著者勒帖夫諸文，獨具見識，都不是在別人的書中所能見到的東西。我曾說，精密的研究或者也有人能做，但是那樣寬廣的眼光，深厚的思想，實在是極不易再得。事實上當然是因為有了這種精神，所以做得那性心理研究的工作，但我們也希望可以從性心理養成一點好的精神，雖然未免有點我田引水，卻是誠意的願望。由這裡出發去著手於中國婦女問題，正是極好也極難的事，我們小乘的人無此力量，只能守開卷有益之訓，暫以讀書而明理為目的而已。

十三

關於醫學我所有的只是平人的普通常識，但是對於醫學史卻是很有興趣。醫學史現有英文本八冊，覺得勝家博士的最好，日本文三冊，富士川著《日本醫學史》是一部巨著，但是綱要似更為適用，便於閱覽。醫療或是生物的本能，如犬貓之自舐其創是也，但其發展為活人之術，無論是用法術或方劑，總之是人類文化之一特色，雖然與梃刃同是發明，而意義迥殊，中國稱蚩尤作五兵，而神農嘗藥辨性，為人皇，可以見矣。醫學史上所記便多是這些仁人之用心，不過大小稍有不同，我翻閱二家小史，對於法國巴斯德與日本杉田玄白的事跡，常不禁感嘆，我想假如人類要找一點足以自誇的文明證據，大約只可求之於這方面罷。我在《舊書回想記》裡這樣說過，已是四五年前的事，近日看伊略忒斯密士的《世界之初》，說創始耕種灌溉的人成為最初的王，在他死後便被尊崇為最初的神，還附有五千多年前的埃及石刻畫，表示古聖王在開掘溝渠，又感覺很有意味。案神農氏在中國正是極好的例，他教民稼穡，又發明醫藥，農固應為神，古語云，不為良相，便為良醫，可知醫之尊，良相云者即是諱言王耳。我常想到巴斯德從啤酒的研究知道了黴菌的傳染，這影響於人類福利者有多麼大，單就外科傷科產科來說，因了消毒的施行，一年中要救助多少人命，以功德論，恐怕十九世紀的帝王將相中沒有人可以及得他來。有一個時期我真想涉獵到黴菌學史去，因為受到相當大的感激，覺得這與人生及人道有極大的關係，可是終於怕得看不懂，所以沒有決心這樣做。但是這回卻又伸展到反對方面去，對於妖術史發生了不少的關心。據茂來女士著《西歐的巫教》等書說，所謂妖術即是古代土著宗教之遺留，大抵與古希臘的地母祭相近，只是被後來基督教所壓倒，變成祕密結社，被目為撒但之徒，痛加剿除，這就是中世有名的神聖審問，至十七世紀末才漸停止。這巫教的說明論理是屬於文化人類學的，本來可以不必分別，不過我的注意不是在他本身，卻在於被審問追跡這一段落，所以這裡名稱也就正稱之曰妖術。那些唸佛宿山的老太婆們原來未必有什麼政見，一旦捉去拷問，供得荒唐顛倒，結果坐實她們會得騎掃帚飛行，和宗旨不正的學究同付火刑，真是冤枉的事。我記得中國楊惲以來的文字獄與孔融以來的思想獄，時感恐懼，因此對於西洋的神聖審問也感覺關切，而審問史關係神學問題為多，鄙性少信未能甚解，故轉而截取妖術的一部分，了解較為容易。我的讀書本來是很雜亂的，別的方面或者也還可以料得到，至於妖術恐怕說來有點鶻突，亦未可知，但在我卻是很正經的一件事，也頗費心收羅資料，如散茂士的四大著，即是《妖術史》與《妖術地理》、《殭屍》、《人狼》，均是寒齋的珍本也。

十四

我的雜覽從日本方面得來的也並不少。這大抵是關於日本的事情，至少也以日本為背景，這就是說很有點地方的色彩，與西洋的只是學問關係的稍有不同。有如民俗學本發源於西歐，涉獵神話傳說研究與文化人類學的時候，便碰見好些交叉的處所，現在卻又來提起日本的鄉土研究，並不單因為二者學風稍殊之故，乃是別有理由的。《鄉土研究》刊行的初期，如南方熊楠那些論文，古今內外的引證，本是舊民俗學的一路，柳田國男氏的主張逐漸確立，成為國民生活之史的研究，名稱亦歸結於民間傳承。我們對於日本感覺興味，想要了解他的事情，在文學藝術方面摸索很久之後，覺得事倍功半，必須著手於國民感情生活，才有入處，我以為宗教最是重要，急切不能直入，則先注意於其上下四旁，民間傳承正是絕好的一條路徑。我常覺得中國人民的感情與思想集中於鬼，日本則集中於神，故欲了解中國須得研究禮俗，了解日本須得研究宗教。柳田氏著書極富，雖然關於宗教者不多，但如《日本之祭事》一書，給我很多的益處，此外諸書亦均多可作參證。當《遠野物語》出板的時候，我正寄寓在本鄉，跑到發行所去要了一冊，共總刊行三百五十部，我所有的是第二九一號。因為書面上略有墨痕，想要另換一本，書店的人說這是編號的，只能順序出售，這件小事至今還記得清楚。這與《石神問答》都是明治庚戌年出板，在《鄉土研究》創刊前三年，是柳田氏最早的著作，以前只有一冊《後狩祠記》，終於沒有能夠搜得。對於鄉土研究的學問我始終是外行，知道不到多少，但是柳田氏的學識與文章我很是欽佩，從他的許多著書裡得到不少的利益與悅樂。與這同樣情形的還有日本的民藝運動與柳宗悅氏。柳氏本系《白樺》同人，最初所寫的多是關於宗教的文章，大部分收集在《宗教與其本質》一冊書內。我本來不大懂宗教的，但柳氏諸文大抵讀過，這不但因為意思誠實，文章樸茂，實在也由於所講的是神祕道即神祕主義，合中世紀基督教與佛道各分子而貫通之，所以雖然是檻外也覺得不無興味。柳氏又著有《朝鮮與其藝術》一書，其後有集名曰《信與美》，則收輯關於宗教與藝術的論文之合集也。民藝運動約開始於二十年前，在《什器之美》論集與柳氏著《工藝之道》中意思說得最明白，大概與摩理斯的拉飛耳前派主張相似，求美於日常用具，集團的工藝之中，其虔敬的態度前後一致，信與美一語洵足以包括柳氏學問與事業之全貌矣。民藝博物館於數年前成立，惜未及一觀，但得見圖錄等，已足令人神怡。柳氏著《初期大津繪》，淺井巧著《朝鮮之食案》，為「民藝叢書」之一，淺井氏又有《朝鮮陶器名匯》，均為寒齋所珍藏之書。又柳氏近著《和紙之美》，中附樣本二十二種，閱之使人對於佳紙增貪惜之念。壽岳文章調查手漉紙工業，得其數種著書，近刊行其《紙漉村旅日記》，則附有樣本百三十四，照相百九十九，可謂大觀矣。式場隆三郎為精神病院長，而經管民藝博物館與《民藝月刊》，著書數種，最近得其

《大阪隨筆：民藝與生活》之私家板，只印百部，和紙印刷，有芹澤銈介作插畫百五十，以染繪法作成後製板，再一一著色，覺得比本文更耐看。中國的道學家聽之恐要說是玩物喪志，唯在鄙人則固唯有感激也。

十五

我平常有點喜歡地理類的雜地誌這一流的書，假如是我比較的住過好久的地方，自然特別注意，例如紹興，北京，東京雖是外國，也算是其一。對於東京與明治時代我彷彿頗有情分，因此略想知道他的人情物色，延長一點便進到江戶與德川幕府時代，不過上邊的戰國時代未免稍遠，那也就夠不到了。最能談講維新前後的事情的要推三田村鳶魚，但是我更喜歡馬場孤蝶的《明治之東京》，只可惜他寫的不很多。看圖畫自然更有意思，最有藝術及學問的意味的有戶塚正幸即東東亭主人所編的《江戶之今昔》，福原信三編的《武藏野風物》。前者有圖板百零八枚，大抵為舊東京府下今昔史蹟，其中又收有民間用具六十餘點，則兼涉及民藝，後者為日本寫真會會員所合作，以攝取漸將亡失之武藏野及鄉土之風物為課題，共收得照相千點以上，就中選擇編印成集，共一四四枚，有柳田氏序。描寫武藏野一帶者，國木田獨步德富蘆花以後人很不少，我覺得最有意思的卻是永井荷風的《日和下駄》，曾經讀過好幾遍，翻看這些寫真集時又總不禁想起書裡的話來。再往前去這種資料當然是德川時代的浮世繪，小島烏水的《浮世繪與風景畫》已有專書，廣重有《東海道五十三次》，北齋有《富岳三十六景》等，幾乎世界聞名，我們看看復刻本也就夠有趣味，因為這不但畫出風景，又是特殊的彩色木板畫，與中國的很不相同。但是浮世繪的重要特色不在風景，乃是在於市井風俗，這一面也是我們所要看的。背景是市井，人物卻多是女人，除了一部分畫優伶面貌的以外，而女人又多以妓女為主，因此講起浮世繪便總容易牽連到吉原遊廓，事實上這二者確有極密切的關係。畫面很是富麗，色彩也很豔美，可是這裡邊常有一抹暗影，或者可以說是東洋色，讀中國的藝與文，以至於道也總有此感，在這畫上自然也更明了。永井荷風著《江戶藝術論》第一章中曾云：

我反省自己是什麼呢？我非威耳哈倫（Verhaeren）似的比利時人而是日本人也，生來就和他們的運命及境遇迥異的東洋人也。戀愛的至情不必說了，凡對於異性之性慾的感覺悉視為最大的罪惡，我輩即奉戴此法制者也。承受勝不過啼哭的小孩和地主的教訓之人類也，知道說話則唇寒的國民也。使威耳哈倫感奮的那滴著鮮血的肥羊肉與芳醇的葡萄酒與強壯的婦女之繪畫，都於我有什麼用呢。嗚呼，我愛浮世繪。苦海十年為親賣身的遊女的繪姿使我泣。憑倚竹窗茫然看著流水的藝妓的姿態使我喜。賣宵夜麵的紙燈寂寞地停留著的河邊的夜景使我醉。雨夜啼月的杜鵑，陣雨中散落的秋天樹葉，落花飄風的鐘聲，途中日暮的山路的雪，凡是無常，無告，無望的，使人無端嗟嘆此世只是一夢的，這樣的一切東西，於我都是可親，於我都是可懷。

這一節話我引用過恐怕不止三次了。我們因為是外國人，感想未必完全與永井氏相同，但一樣有的是東洋人的悲哀，所以於當作風俗畫看之外，也常引起悵然之感，古人聞清歌而喚奈何，豈亦是此意耶。

十六

浮世繪如稱為風俗畫，那麼川柳或者可以稱為風俗詩吧。說也奇怪，講浮世繪的人後來很是不少了，但是我最初認識浮世繪乃是由於宮武外骨的雜誌《此花》，也因了他而引起對於川柳的興趣來的。外骨是明治大正時代著述界的一位奇人，發刊過許多定期或單行本，而多與官僚政治及假道學相牴觸，被禁至三十餘次之多。其刊物皆鉛字和紙，木刻插圖，涉及的範圍頗廣，其中如《筆禍史》、《私刑類纂》、《賭博史》、《猥褻風俗史》等，《笑的女人》一名《賣春婦異名集》、《川柳語彙》，都很別緻，也甚有意義。《此花》是專門與其說研究不如說介紹浮世繪的月刊，繼續出了兩年，又編刻了好些畫集，其後同樣的介紹川柳，雜誌名曰《變態知識》，若前出《語彙》乃是入門之書，後來也還沒有更好的出現。川柳是只用十七字音做成的諷刺詩，上者體察物理人情，直寫出來，令人看了破顏一笑，有時或者還感到淡淡的哀愁，此所謂有情滑稽，最是高品，其次找出人生的缺陷，如繡花針噗哧的一下，叫聲好痛，卻也不至於刺出血來。這種詩讀了很有意思，不過正與笑話相像，以人情風俗為材料，要理解他非先知道這些不可，不是很容易的事。川柳的名家以及史家選家都不濟事，還是考證家要緊，特別是關於前時代的古句，這與江戶生活的研究是不可分離的。這方面有西原柳雨，給我們寫了些參考書，大正丙辰年與佐佐醒雪共著的《川柳吉原志》出得最早，十年後改出補訂本，此外還有幾種類書，只可惜《川柳風俗志》出了上卷，沒有能做得完全。我在東京只有一回同了妻和親戚家的夫婦到吉原去看過夜櫻，但是關於那裡的習俗事情卻知道得不少，這便都是從西原及其他書本上得來的。這些知識本來也很有用，在江戶的平民文學裡所謂花魁是常在的，不知道她也總得遠遠的認識才行。即如民間娛樂的落語，最初是幾句話可以說了的笑話，後來漸漸拉長，明治以來在寄席即雜耍場所演的，大約要花上十來分鐘了吧，他的材料固不限定，卻也是說游裡者為多。森鷗外在一篇小說中曾敘述說落語的情形云：「第二個說話人交替著出來，先謙遜道，人是換了卻也換不出好處來。又作破題云，官客們的消遣就是玩玩窯姐兒。隨後接著講工人帶了一個不知世故的男子到吉原去玩的故事。這實在可以說是吉原入門的講義。」語雖詼諧，卻亦是實情，正如中國笑話原亦有腐流殊稟等門類，而終以屬於閨風世諱者為多，唯因無特定游裡，故不顯著耳。江戶文學中有滑稽本，也為我所喜歡，一九的《東海道中膝栗毛》，三馬的《浮世風呂》與《浮世床》可為代表，這是一種滑稽小說，為中國所未有。前者借了兩個旅人寫他們路上的遭遇，重在特殊的事件，或者還不很難，後者寫澡堂理髮鋪裡往來的客人的言動，把尋常人的平凡事寫出來，都變成一場小喜劇，覺得更有意思。中國在文學與生活上都缺少滑稽分子，不是健康的徵候，或者這是偽道學所種下的病根歟。

十七

我不懂戲劇，但是也常涉獵戲劇史。正如我翻閱希臘悲劇的起源與發展的史料，得到好些知識，看了日本戲曲發達的徑路也很感興趣，這方面有兩個人的書於我很有益處，這是佐佐醒雪與高野斑山。高野講演劇的書更後出，但是我最受影響的還是佐佐的一冊《近世國文學史》。佐佐氏於明治三十二年戊戌刊行《鶉衣評釋》，庚子刊行《近松評釋天之網島》，辛亥出《國文學史》，那時我正在東京，即得一讀，其中有兩章略述歌舞伎與淨琉璃二者發達之跡，很是簡單明瞭，至今未盡忘記。也有的俳文集《鶉衣》固所喜歡，近松的世話淨琉璃也想知道。這《評釋》就成為頂好的入門書，事實上我好好的細讀過的也只是這冊《天之網島》，讀後一直留下很深的印象。這類曲本大都以情死為題材，日本稱曰心中，《澤瀉集》中曾有一文論之。在〈懷東京〉中說過，俗曲裡禮讚戀愛與死，處處顯出人情與義理的衝突，偶然聽唱義太夫，便會遇見紙治，這就是《天之網島》的俗名，因為裡邊的主角是紙店的治兵衛與妓女小春。日本的平民藝術彷彿善於用優美的形式包藏深切的悲苦，這似是與中國很不同的一點。佐佐又著有《俗曲評釋》，自江戶長唄以至端唄共五冊，皆是抒情的歌曲，與敘事的有殊，乃與民謠相連接。高野編刊《俚謠集拾遺》時號斑山，後乃用本名辰之，其專門事業在於歌謠，著有《日本歌謠史》，編輯《歌謠集成》共十二冊，皆是大部巨著。此外有湯朝竹山人，關於小唄亦多著述，寒齋所收有十五種，雖差少書卷氣，但亦可謂勤勞矣。民國十年時曾譯出俗歌六十首，大都是寫遊女蕩婦之哀怨者，如木下杢太郎所云，耽想那卑俗的但是充滿眼淚的江戶平民藝術以為樂，此情三十年來蓋如一日，今日重讀仍多所感觸。歌謠中有一部分為兒童歌，別有天真爛漫之趣，至為可喜，唯較好的總集尚不多見，案頭只有村尾節三編的一冊童謠，尚是大正己未年刊也。與童謠相關連者別有玩具，也是我所喜歡的，但是我並未蒐集實物，雖然遇見時也買幾個，所以平常翻看的也還是圖錄以及年代與地方的紀錄。在這方面最努力的是有阪與太郎，近二十年中刊行好些圖錄，所著有《日本玩具史》前後編，《鄉土玩具大成》與《鄉土玩具展望》，只可惜《大成》出了一卷，《展望》下卷也還未出板。所刊書中有一冊《江都二色》，每葉畫玩具二種，題諧詩一首詠之，木刻著色，原本刊於安永癸巳，即清乾隆三十八年。我曾慨嘆說，那時在中國正是大開四庫館，刪改皇侃《論語疏》，日本卻是江戶平民文學的爛熟期，浮世繪與狂歌發達到極頂，乃迸發而成此一卷《玩具圖詠》，至可珍重。現代畫家以玩具畫著名者亦不少，畫集率用木刻或玻璃板，稍有蒐集，如清水晴風之《垂髫之友》，川崎巨泉之《玩具畫譜》，各十集，西澤笛畝之《雛十種》等。西澤自號比那舍主人，亦作玩具雜畫，以雛與人形為其專門，因故赤間君的介紹，曾得其寄贈大著《日本人形集成》及《人形大類聚》，深以為感。又得到營野新一編《藏王東之木孩兒》，木板畫十二枚，解說一冊，菊楓會編《古計志加加美》，則為菅野氏所寄贈，均是講日本東北地方的一種木製人形的。《古計志加加美》改寫漢字為《小芥子鑒》，以玻璃板列舉工人百八十四名所作木偶三百三十餘枚，可謂大觀。此木偶名為小芥子，而實則長五寸至一尺，旋圓棒為身，上著頭，畫為垂髮小女，著簡單彩色，質樸可喜，一稱為木孩兒。菅野氏著系非賣品，《加加美》則只刊行三百部，故皆可紀念也。三年前承在北京之國府氏以古計志二軀見贈，曾寫諧詩報之云，芥子人形亦妙哉，出身應自埴輪來，小孫望見嘻嘻笑，何處娃娃似棒槌。依照《江都二色》的例，以狂詩題玩具，似亦未為不周當，只是草草恐不能相稱為愧耳。

十八

我的雜學如上邊所記，有大部分是從外國得來的，以英文與日本文為媒介，這裡分析起來，大抵從西洋來的屬於知的方面，從日本來的屬於情的方面為多，對於我卻是一樣的有益處。我學英文當初為的是須得讀學堂的教本，本來是敲門磚，後來離開了江南水師，便沒有什麼用了，姑且算作中學常識之一部分，有時利用了來看點書，得些現代的知識也好，也還是磚的作用，終於未曾走到英文學門裡去，這個我不怎麼懊悔，因為自己的力量只有這一點，要想入門是不夠的。日本文比英文更不曾好好的學過，老實說除了丙午丁未之際，在駿河臺的留學生會館裡，跟了菊池勉先生聽過半年課之外，便是懶惰的時候居多，只因住在東京的關係，耳濡目染的慢慢的記得，其來源大抵是家庭的說話，看小說看報，聽說書與笑話，沒有講堂的嚴格的訓練，但是後面有社會的背景，所以還似乎比較容易學習。這樣學了來的言語，有如一棵草花，即使是石竹花也罷，是有根的盆栽，與插瓶的大朵大理菊不同，其用處也就不大一樣。我看日本文的書，並不專是為得透過了這文字去抓住其中的知識，乃是因為對於此事物感覺有點興趣，連文字來賞味，有時這文字亦為其佳味之一分子，不很可以分離，雖然我們對於外國語想這樣辨別，有點近於妄也不容易，但這總也是事實。我的關於日本的雜覽既多以情趣為本，自然態度與求知識稍有殊異，文字或者仍是敲門的一塊磚，不過對於磚也會得看看花紋式樣，不見得用了立即扔在一旁。我深感到日本文之不好譯，這未必是客觀的事實，只是由我個人的經驗，或者因為比較英文多少知道一分的緣故，往往覺得字義與語氣在微細之處很難兩面合得恰好。大概可以當作一個證明。明治大正時代的日本文學，曾讀過些小說與隨筆，至今還有好些作品仍是喜歡，有時也拿出來看，如以雜誌名代表派別，大抵有《保登登岐須》、《昴》、《三田文學》、《新思潮》、《白樺》諸種，其中作家多可佩服，今亦不複列舉，因生存者尚多，暫且謹慎。此外的外國語，還曾學過古希臘文與世界語。我最初學習希臘文，目的在於改譯《新約》至少也是四福音書為古文，與佛經庶可相比，及至回國以後卻又覺得那官話譯本已經夠好了，用不著重譯，計畫於是歸於停頓。過了好些年之後，才把海羅達思的擬曲譯出，附加幾篇牧歌，在上海出板，可惜板式不佳，細字長行大頁，很不成樣子。極想翻譯歐利比臺斯的悲劇《忒洛亞的女人們》，躊躇未敢下手，於民國廿六七年間譯亞坡羅陀洛斯的神話集，本文幸已完成，寫註釋才成兩章，擱筆的次日即是廿八年的元日，工作一頓挫就延到現今，未能續寫下去，但是這總是極有意義的事，還想設法把他做完。世界語是我自修得來的，原是一冊用英文講解的書，我在暑假中臥讀消遣，一連兩年沒有讀完，均歸無用，至第三年乃決心把這五十課一氣學習完畢，以後借了字典的幫助漸漸的看起書來。那時世界語原書很不易得，只知道在巴黎有書店發行，恰巧蔡孑民先生行遁歐洲，便寫信去托他代買，大概寄來了有七八種，其中有《世界語文選》與《波蘭小說選集》至今還收藏著，民國十年在西山養病的時候，曾從這裡邊譯出幾篇波蘭的短篇小說，可以作為那時困學的紀念。世界語的理想是很好的，至於能否實現則未可知，反正事情之成敗與理想之好壞是不一定有什麼關係的。我對於世界語的批評是這太以歐語為基本，不過這如替柴孟和甫設想也是無可如何的，其缺點只是在沒有學過一點歐語的中國人還是不大容易學會而已。我的雜學原來不足為法，有老友曾批評說是橫通，但是我想勸現代的青年朋友，有機會多學點外國文，我相信這當是有益無損的。俗語云，開一頭門，多一些風。這本來是勸人謹慎的話，但是借了來說，學一種外國語有如多開一面門窗，可以放進風日，也可以眺望景色，別的不說，總也是很有意思的事吧。

十九

我的雜學裡邊最普通的一部分，大概要算是佛經了吧。但是在這裡正如在漢文方面一樣，也不是正宗的，這樣便與許多讀佛經的人走的不是一條路了。四十年前在南京時，曾經叩過楊仁山居士之門，承蒙傳諭可修淨土，雖然我讀了《阿彌陀經》各種譯本，覺得安養樂土的描寫很有意思，又對於先到淨土再行修道的本意，彷彿是希求住在租界裡好用功一樣，也很能了解，可是沒有興趣這樣去做。禪宗的語錄看了很有趣，實在還是不懂，至於參證的本意，如書上所記俗僧問溪水深淺，被從橋上推入水中，也能了解而且很是佩服，然而自己還沒有跳下去的意思，單看語錄有似意存稗販，未免慚愧，所以這一類書雖是買了些，都擱在書架上。佛教的高深的學理那一方面，看去都是屬於心理學玄學範圍的，讀了未必能懂，因此法相宗等均未敢問津。這樣計算起來，幾條大道都不走，就進不到佛教裡去，我只是把佛經當作書來看，而且這漢文的書，所得的自然也只在文章及思想這兩點上而已。《四十二章經》與《佛遺教經》彷佛子書文筆，就是儒者也多喜稱道，兩晉六朝的譯本多有文情俱勝者，什法師最有名，那種駢散合用的文體當然因新的需要而興起，但能恰好的利用舊文字的能力去表出新意思，實在是很有意義的一種成就。這固然是翻譯史上的一段光輝，可是在國文學史上意義也很不小，六朝之散文著作與佛經很有一種因緣，交互的作用，值得有人來加以疏通證明，於漢文學的前途也有極大的關係。十多年前我在北京大學講過幾年六朝散文，後來想添講佛經這一部分，由學校規定名稱曰「佛典文學」，課程綱要已經擬好送去了，七月發生了「盧溝橋之變」，事遂中止。課程綱要稿尚存在，重錄於此：

> 六朝時佛經翻譯極盛，文亦多佳勝。漢末譯文模仿諸子，別無多大新意思，唐代又以求信故，質勝於文。唯六朝所譯能運用當時文詞，加以變化，於普通駢散文外造出一種新體制，其影響於後來文章者亦非淺鮮。今擬選取數種，少少講讀，注意於譯經之文學的價值，亦並可作古代翻譯文學看也。

至於從這面看出來的思想，當然是佛教精神，不過如上文說過，這不是甚深義諦，實在是印度古聖賢對於人生特別是近於入世法的一種廣大厚重的態度，根本與儒家相通而更為徹底，這大概因為他有那中國所缺少的宗教性。我在二十歲前後讀《大乘起信論》無有所得，但是見了《菩薩投身飼餓虎經》，這裡邊的美而偉大的精神與文章至今還時時記起，使我感到感激，我想大禹與墨子也可以說具有這種精神，只是在中國這情熱還只以對人間為限耳。又《布施度無極經》云：

眾生擾擾，其苦無量，吾當為地。為旱作潤，為溼作筏。饑食渴漿，寒衣熱涼。為病作醫，為冥作光。若在濁世顛到之時，吾當於中作佛，度彼眾生矣。

這一節話我也很是喜歡，本來就只是眾生無邊誓願度的意思，卻說得那麼好，說理與美和合在一起，是很難得之作。經論之外我還讀過好些戒律，有大乘的也有小乘的，雖然原來小乘律註明在家人勿看，我未能遵守，違了戒看戒律，這也是頗有意思的事。我讀《梵網經菩薩戒本》及其他，很受感動，特別是《賢首戒疏》，是我所最喜讀的書。嘗舉食肉戒中語，一切眾生肉不得食，夫食肉者斷大慈悲佛性種子，一切眾生見而捨去，是故一切菩薩不得食一切眾生肉，食肉得無量罪。加以說明云，我讀《舊約 · 利未記》，再看大小乘律，覺得其中所說的話要合理得多，而上邊食肉戒的措辭我尤為喜歡，實在明智通達，古今莫及。又盜戒下註疏云：

善見云，盜空中鳥，左翅至右翅，尾至顛，上下亦爾，俱得重罪。準此戒，縱無主，鳥身自為主，盜皆重也。

鳥身自為主，這句話的精神何等博大深厚，我曾屢次致其讚歎之意，賢首是中國僧人，此亦是足強人意的事。我不敢妄勸青年人看佛書，若是三十歲以上，國文有根柢，常識具足的人，適宜的閱讀，當能得些好處，此則鄙人可以明白回答者也。

二十

我寫這篇文章本來全是出於偶然。從《儒林外史》裡看到雜覽雜學的名稱，覺得很好玩，起手寫了那首小引，隨後又加添三節，作為第一分，在雜誌上發表了。可是自己沒有什麼興趣，不想再寫下去了，然而既已發表，被催著要續稿，又不好不寫，勉強執筆，有如秀才應歲考似的，把肚裡所有的幾百字湊起來繳卷，也就可以應付過去了罷。這真是成了雞肋，棄之並不可惜，食之無味那是毫無問題的。這些雜亂的事情，要怎樣安排得有次序，敘述得詳略適中，固然不大容易，而且寫的時候沒有興趣，所以更寫不好，更是枯燥，草率。我最怕這成為自畫自讚。罵猶自可，讚不得當乃尤不好過，何況自讚乎。因為竭力想避免這個，所以有些地方覺得寫的不免太簡略，這也是無可如何的事，但或者比多話還好一點亦未可知。總結起來看過一遍，把我雜覽的大概簡略的說了，還沒有什麼自己誇讚的地方，要說句好話，只能批八個字云，國文粗通，常識略具而已。我從古今中外各方面都受到各樣影響，分析起來，大旨如上邊說過，在知與情兩面分別承受西洋與日本的影響為多，意的方面則純是中國的，不但未受外來感化而發生變動，還一直以此為標準，去酌量容納異國的影響。這個我向來稱之日儒家精神，雖然似乎有點籠統，與漢以後尤其是宋以後的儒教顯有不同，但為得表示中國人所有的以生之意志為根本的那種人生觀，利用這個名稱殆無不可。我想神農大禹的傳說就從這裡發生，積極方面有墨子與商韓兩路，消極方面有莊楊一路，孔孟站在中間，想要適宜的進行，這平凡而難實現的理想我覺得很有意思，以前屢次自號儒家者即由於此。佛教以異域宗教而能於中國思想上占很大的勢力，固然自有其許多原因，如好談玄的時代與道書同尊，講理學的時候給儒生作參考，但是其大乘的思想之入世的精神與儒家相似，而且更為深徹，這原因恐怕要算是最大的吧。這個主意既是確定的，外邊加上去的東西自然就只在附屬的地位，使他更強化與高深化，卻未必能變化其方向。我自己覺得便是這麼一個頑固的人，我的雜學的大部分實在都是我隨身的附屬品，有如手錶眼鏡及草帽，或是吃下去的滋養品如牛奶糖之類，有這些幫助使我更舒服與健全，卻並不曾把我變成高鼻深目以至有牛的氣味。我也知道偏愛儒家中庸是由於癖好，這裡又缺少一點熱與動，也承認是美中不足。儒家不曾說「怎麼辦」，像猶太人和斯拉夫人那樣，便是證據。我看各民族古聖的畫像也覺得很有意味，猶太的眼向著上是在祈禱，印度的伸手待接引眾生，中國則常是叉手或拱著手。我說儒家總是從大禹講起，即因為他實行道義之事功化，是實現儒家理想的人。近來我曾說，中國現今緊要的事有兩件，一是倫理之自然化，二是道義之事功化。前者是根據現代人類的知識調整中國固有的思想，後者是實踐自己所有的理想適應中國現在的需要，都是必要的事。此即是我雜學之歸結點，以前種種說話，無論怎麼的直說曲說，正說反說，歸根結底的意見還只在此，就只是表現得不充足，恐怕讀者一時抓不住要領，所以在這裡贅說一句。我平常不喜歡拉長了面孔說話，這回無端寫了兩萬多字，正經也就枯燥，彷彿招供似的文章，自己覺得不但不滿而且也無謂。這樣一個思想徑路的簡略地圖，我想只足供給要攻擊我的人，知悉我的據點所在，用作進攻的參考與準備，若是對於我的友人這大概是沒有什麼用處的。寫到這裡，我忽然想到，這篇文章的題目應該題作「愚人的自白」才好，只可惜前文已經發表，來不及再改正了。

編後記

此次出版，我們參照了目前流行的各種版本，查漏補缺，校正訛誤。重新釐出「人生」「生活」兼及周作人「旁觀其他」的雜文主題，並重新擬定前述書名。這套書只是從文學角度來閱讀周作人，不代表任何其他立場。請知悉。

在編輯《我這有限的一生》一書過程中，考慮到作者生活所處年代，文章的標點、句式的用法、一些常用詞彙等難免與現在的規範有所不同，為保持原著風貌，本版未作改動。如「根柢」即為「根底」，「出板」即為「出版」，「計畫」即為「計劃」，「坐位」即為「座位」，「耽閣」即為「耽擱」，「大雅梨」即為「大鴨梨」，等等。並且，在當時的語言環境中，「的」、「地」、「得」不分與「做」、「作」混用現象也是平常的。因作者寫作時間的不同，也會出現同一詞彙、同一專有名詞有多種寫法的情況，如勃蘭特思、勃闌兌思與勃闌特思，便當與辨當，勃闌地與白蘭地，等等。書中的一些譯文也與現在一般通用的有所不同，如《天方夜談》，現今為《天方夜譚》，等等。為尊重作者語言寫作習慣，本書均未作改動，請讀者在閱讀過程中，根據文意加以辨別區分。

編書如掃落葉，難免有錯訛疏漏，盼指正。

電子書購買

國家圖書館出版品預行編目資料

我這有限的一生：閒適是外表，真正的是苦味 / 周作人 著. -- 第一版. -- 臺北市：崧燁文化事業有限公司, 2023.07
面； 公分
POD 版
ISBN 978-626-357-456-4(平裝)
855　　112009220

我這有限的一生：閒適是外表，真正的是苦味

臉書

作　　者：周作人
發 行 人：黃振庭
出 版 者：崧燁文化事業有限公司
發 行 者：崧燁文化事業有限公司
E-mail：sonbookservice@gmail.com
粉 絲 頁：https://www.facebook.com/sonbookss/
網　　址：https://sonbook.net/
地　　址：台北市中正區重慶南路一段六十一號八樓 815 室
Rm. 815, 8F., No.61, Sec. 1, Chongqing S. Rd., Zhongzheng Dist., Taipei City 100, Taiwan
電　　話：(02) 2370-3310　　　傳　　真：(02) 2388-1990
印　　刷：京峯數位服務有限公司
律師顧問：廣華律師事務所 張珮琦律師

定　　價：299 元
發行日期：2023 年 07 月第一版
◎本書以 POD 印製